ボリス・ダヴィドヴィチのための墓

一つの共有の歴史をめぐる七つの章

Grobnica za Borisa Davidovića: SEDAM POGLAVLJA JEDNE ZAJEDNIČKE POVESTI

Danilo Kiš

ダニロ・キシュ

奥彩子 訳

松籟社

目次

ボリス・ダヴィドヴィチのための墓——一つの共有の歴史をめぐる七つの章

紫檀柄のナイフ

ミルコ・コヴァチに

この後に続く物語、疑念と困惑の中に生まれる物語において、唯一の**不幸**は（幸運という者もいる）、それが真実であること、誠実な人々と信頼しうる証人により記録された物語であることにある。しかしその著者が夢想する方法において真実であるためには、ルーマニア語で、ハンガリー語、ウクライナ語、もしくはイディッシュ語で、もしくは、先ずもって、それら総ての言語の混合で、語られねばならない。その時には、偶然の論理と、漠とした深い無意識の出来事の論理に則って、語り手の意識にロシア語の単語も何らか閃くであろう、時として**チェリャーチナ**（仔牛肉）のような軟らかい語、時として**キンジャル**（短剣）のような硬い語が。ゆえに、語り手がバベルの混乱の達しえない壮絶な瞬間に達しうるならば、ハナ・クシジェフスカの屈従的な命乞いとおぞましい呪詛《じゅそ》とが聞こえるであろう、それはルーマニア語で、ポーランド語で、ウクライナ語で、代わる代わる発せられる（あたかも彼女の死は何か大きな致命的な誤解の結果に過ぎないかのように）、臨終の痙攣《けいれん》と沈静のうちに譫言《うわごと》が死者のための祈り、始原と終焉の言葉であるヘブライ語で発せられる祈りへと移りゆくために。

肯定的な主人公

ミクシャ（一先ずそう呼ぼう）は釦《ボタン》を十秒とかからずに縫い付けた。燐寸《マッチ》に火をつけて指に挟むとする。燐寸を擦った瞬間から指が焼けるまでの間に、ミクシャは士官服の釦を縫い付け終えた。ミクシャが見習いとして働く工房の親方《レブ》メンデルは、自分の目が信じられずにいる。眼鏡をかけ直し、燐寸を手に取って、イディッシュ語で言う。「よし、もう一度、ミクサット君。」ミクシャは新たに針に糸を通し、メンデル親方は微笑みつつ見習いを眺めているが、急に燐寸を窓から捨てて指に唾を吐きかける。ミクシャは、既にヘア・アントネスクの上着に釦を縫い付け終わり、勝ち誇って言う。「メンデル親方、燐寸一本もありゃプロイエシュティの油田をごっそり焼き払えますよ」。此方が大火に照らされた遠い未来を見ている間に、メンデル親方は未だ湿る二本の指で上着の釦をやにわに引っ張って鶏の首を捻るように捩《ね》じる。「ミクサット君、そんな愚かなことを考えなければ、君はすばらしい職人になれるだろう……。プロイェシュティ油田には数百万ガロンの原油があると推定されているそうだね？」――「きっとすばらしい炎になりますよ、メンデル親方」、ミクシャは曰くありげに言う。

一枚上手

ミクシャは職人にはならなかった。さらに二年、メンデル親方のもとで釦を縫い付け、親方によるタルムードの叡智を聞いて過ごし、その後呪詛と共に追い出された。忘れもしない一九二五年の春の或る日、メンデル親方はコーチン鶏がいなくなったとミクシャに愚痴を言った。「メンデル親方」、ミクシャは答えた、「コソ泥はユダヤ人の間にいるんじゃないですか」。酷い侮辱に気付いたメンデル親方は暫くコーチン鶏を話題にしなかった。ミクシャも黙っていた。メンデル親方が自尊心と折り合いを付けるのを待っていたのである。老人は自らと闘い、ご自慢のタルムードの祭壇に毎日一羽ずつ鶏を捧げた。杖を手に鶏小屋で寝ずの番をし、明け方まで、犬のように吠えてスカンクを追い払った。明け方には寝入ってしまい、鶏小屋からは鶏がまた一羽いなくなるのであった。「わしを罰するがよい、正義の人よ、生きとし生ける者はみな等しく庇護と慈悲に値するとあなたはおっしゃるが」、メンデル親方は九日目に言う。「五チェルヴォネツを下らんコーチン鶏が、貧乏人を痛めつけるばかりか遠くからでも臭うスカンクと同じ価値なんてことがあってよいのか？」――「ありえません、メンデル親方」とミクシャが言う。「五チェルヴォネツの鶏が、臭いスカンクと同じ価値だなんて、ありえません。」それしか言わない。スカンクにやりたいようにやらせて、神の生き物は一様に平等であるというタルムードの戯言が馬鹿げていること、地上の正義は地上のやり方でもたらされることを、メンデル親方にわからせるつもりである。十一日目、メンデル親方は、失敗続きの寝ずの番に疲れ、真っ赤な目を腫らし、髪を羽毛まみれにして、ミクシャの前に立ち、胸を叩き始める。「ミクサット君、手助けしてもらいたい！」――「わかりました、メンデル親方」とミクシャは言う。「長衣《カフタン》にブラシをかけて、髪についた羽をはらってください。この件はまかせてください。」

罠

ミクシャが急拵《ごしら》えで作った罠《わな》は、ブコヴィナに住む祖父が昔作ったものを朧《おぼろ》げな郷愁の記憶を頼りに作ったものであった。用途を知らなければ堅いブナ材で作られた只の箱で、蓋は外から開けられるが、内側からは開けられない。餌として、卵を一つ置いたが、それは紛れもなく鶏の雛が中で、棺の中のように、腐っている卵であった。朝、庭に足を踏み入れた途端、ミクシャは動物が捕まっているとわかった。悪臭が戸口まで漂ってきていた。けれどもメンデル親方が家から出てくる気配はなかった。寝ずの番が続いて疲労困憊《こんぱい》し、夢と運命に身を委ねていたのである。ミクシャは農民らしい分厚い手で、最後に残った一羽の鶏が恐怖で凍り付いているのを撫でると、庭に放つ。それから曲がった釘の歯が付いた蓋を持ち上げて、隙間から湿った鼻面が出てきた瞬間、拳で力一杯殴りつける。錆びた針金をスカンクの鼻に器用に通すと、前脚を括って側柱に吊るす。おぞましい悪臭。始めに首の周りに切れ目を一つ入れると、まるで紫の首飾りのように見える。それからさらに二カ所前脚の付け根を切る。首の周りの皮を剝ぎ、指を入れるためにさらに二カ所、釦穴のように切る。

動物の叫び声もしくは悪夢で目を覚ましたメンデル親方が、突然その場に姿を現す。皺《しわ》くちゃの長衣《カフタン》の裾を鼻に押し当てて血走った眼をぎょっとさせながら、針金で縛られ、側柱に吊るされた、未だ生きている血塗れの塊を見る。ナイフを草で拭きながら、ミクシャは背筋を伸ばして言う。「メンデル親方、スカンクで悩むのもこれっきりですよ。」ようやく言葉を発せるようになった時、メンデル親方の声は嗄《しわが》れて恐ろしく響き、あたかも預言者の声のようであった。「手と顔についた血を拭いなさい。君に災いあれ、ミクサット君。」

報い

ミクシャはほどなくメンデル親方の呪いの意味が身に沁みてわかった。というのも、アントノフカ地方の職人はみな見習いを雇うに際して他ならぬメンデル親方の推薦を求めたのである。ミクシャの名前を聞くと、ユダヤ人はイディッシュ語とヘブライ語で、代わる代わるわめきながら胸を叩いて髪を引き抜き、まるで「悪霊《ディブック》」の話がでたかのようであった。仕立屋の間だけでなく、職人の間で一番下の親方《レブ》ユセフでさえ、彼を雇おうとはしなかった。メンデル親方の呪いの件を知ると、二日と経たずに追い出した。ミクシャはそれに対して厳かに誓った、いつの日かタルムード主義者どもから受けた侮辱の仕返しをしてやる。

アイミケ

同年ミクシャはアイミケなる人物、E・V・アイミケという法学生を名乗る人物と知り合う。アイミケは最近まで**ディグタリエフ**社で倉庫管理の仕事をしていたが、解雇され、ともあれ自分では、それは非合法活動が理由だと考えていた。ミクシャとアイミケは、同じ恨みで意気投合し、食い扶持を何らか稼ごうとバグリャン伯爵が地元で主催する狩猟に参加した。アントノフカのルンペンプロレタリアートが、ブコヴィナとザカルパチアの領主の囲い込み猟でする仕事と言えば、犬の代わりが関の山である。楡《にれ》の森の深い木陰に座り、遠くで角笛が響いて興奮した猟犬の鳴き声が聞こえる中、アイミケはミクシャに猟犬も領主も角笛もない未来について語った。獲物を追い詰めたと知らせる角笛が響き、ミクシャがようよう現場に駆けつけた時には、猪の血が流れ、領主らはマスティフが吠え立てる中、互いに乾杯をして、銀で縁取りした角のゴブレットを飲み干していた。

その同じアイミケが（二カ月後には再び**ディグタリエフ**社の倉庫で働き始めた）、アントノフカの郊外にある家の地下室で行われた秘密の会合で、ミクシャを組織に迎え入れる。同時に、ミクシャに、革命家としての刃を鈍らせないよう、再び仕事に就くことを求めた。

偶然がミクシャに味方する。或る八月の昼下がり、アントノフカの外れにある郵便局の路地の溝端で寝そべっていると、バルテスク氏の馬車が通りかかった。「あの話は本当かい」と尋ねてくる、「生きたスカンクの皮を剝いで、手袋みたいに裏返しにしたってのは？」——「本当ですけどね」とミクシャは答える、「あんたには関係ないでしょう、ヘア・バルテスク。」——「明日からうちで働くといい。」バルテスク氏は、ミクシャの無礼を気に留めずに言う。「言っておくがな」と叫ぶ、「うちのはアストラカン羊だぞ。」——「生きたスカンクの皮を剝げる輩には、アストラカンの皮を剝ぐなんて朝飯前、親指を入れる切れ目もいりませんよ」ミクシャは相手の背中に向かって、自信満々で叫んだ。

任務

九月の終わり、ミクシャはアントノフカの皮革商人バルテスク氏の地所から自転車で帰るところである。森の上に赤い雲が棚引いて、秋の風を告げる。途中で、目映《まばゆ》い自転車に乗ったアイミケが合流し、暫く無言で並走する。それから、明日の夜に会おうと約束して、交差点でさっと脇道に曲がっていく。ミクシャは約束の時間ちょうどに到着し、決められた合図を出す。アイミケが扉を開く、明かりは点けない。ミクシャは約束の時間ちょうどに到着し、決められた合図を出す。アイミケが扉を開く、明かりは点けない。「簡潔に言う」とアイミケは言う。「メンバーとは各々別の場所かつ別の時間に会う約束をしていた。スパイの奴らが現れたのはそのうち一カ所だけだ。」（間）「バグリャンの水車小屋だ」とようやく言う。ミクシャは未だ黙っている。裏切り者の名前を待っている。「聞かないのか」とアイミケは言う、「バグリャンの水車小屋で約束した奴が誰かって」――「それが誰だろうと」とミクシャは素っ気なく言う、「そいつの皮の中には入りたくないね。」

アイミケはその晩、裏切り者の名前を言わなかった。一度も言わなかった。不名誉な名前は口にするのも汚らわしいとでも言わんばかりであった。彼（ミクシャ）の献身と恨みを信じているとだけ言った。そして言った。「裏切り者の顔を見るだろう。見た目に騙《だま》されないようにだけ気をつけろ。裏切り者に限って正義面をしているからな。」

ミクシャは眠れぬ一夜を過ごす。裏切り者のデスマスクを仲間に被せてみるものの、誰にでも合う一方で、ぴたりと合う者もいない。ゴム製のエプロンを身に着け、肘まで血塗れになって、翌日はずっとバルテスク氏の地所で羊を屠《ほふ》り、皮を剝いで過ごす。夕方に水飲み場で体を洗い、正装をし、赤いカーネーションを帽子の鍔《つば》に挿して自転車で森に到着する。水車小屋への道を歩き続ける、秋の森を通りながら、積もった落ち葉を踏み締めていると、足取りに込められた恐ろしい決意が鈍っていく。

裏切り者の顔

渓流の錆びた柵に凭《もた》れ、暗い渦巻に見入って、彼を待っていたのはハナ・クシジェフスカである。バグリャンの朽ち果てた水車小屋の傍で、水が黄色い葉を運ぶのを眺めながら、季節の移ろいに物憂げな想いを巡らせていたに違いない。顔には雀斑《そばかす》があった（とはいえ、秋の夕暮れ時にはほとんど見えない）が、それが裏切りのしるしとは言えなかった。日焼けの痕は、種族や呪いのしるしではありうるが、裏切りのしるしではない。数カ月前にアントノフカにやってきたのは、警察に追われてポーランドから逃げねばならなかったからである。国境を越えるまで五時間、機関車のタンクの凍えるような水に身を浸し、ブロニェフスキの詩で心を鼓舞していた。仲間達は書類を偽造する前に彼女の身元を確認した。彼女は型通りで非の打ち所がなかった（ブルジョワ出身である点が若干の傷ではあった）。ムカチェヴォでドイツ語（強いイディッシュ語訛り）の個人レッスンを受け持ち、ムカチェヴォ支部とアントノフカ支部の連絡役を務め、クララ・ツェトキンとラファルグを読んでいた。

任務遂行

アイミケの行動に倣って、ミクシャは言葉を発しなかった。それについては、本当のことを言えば、アイミケ自身よりもそうする権利があった、何せ「裏切り者の顔」を見たのだから。その瞬間、彼はハナ・クシジェフスカの顔が、雀斑《そばかす》を砂のように散らした顔が、黄金のデスマスクのような裏切り者の仮面に適合すると感じたであろうか？　手元の記録は事実という恐ろしい言葉で語り、そこでは**魂**という語が冒瀆的な響きを持つ。確信をもって言えるのは次のことである。正義の執行人の役割を果たすべく、ミクシャは、無言で、短い指を少女の首に回してハナ・クシジェフスカの身体から力が抜けるまで締め付けた。自らの任務を果たした者は、その時一旦動きを止めた。恐ろしい犯罪の手口通りに、死体を処理せねばならなかった。少女の上に屈み、周囲を見回し（木々の不気味な影だけが見える）、それから脚を摑んで川へと引き摺った。その後に起きたこと、身体を水に沈めてからのことは、或る昔話を彷彿とさせる。その昔話では、正義に勝利を齎《もたら》すべく、死があれこれと策略を巡らせて、子供と処女の犠牲を避けようとするのである。同心円の中心に、ミクシャは溺れる身体を見、そして彼女の狂ったような叫び声を聞く。幻覚でも、殺人者が良心の呵責《かしゃく》から見る亡霊でもない。それはハナ・クシジェフスカの身体で、パニックになりながらも確かな身のこなしで凍えるような水を切り、腰の部分に赤い百合が二つ刺繡された羊皮の重たい上着を脱ぐ。殺人者（未だそう呼ぶべきではない）は身を強張らせて、少女が向こう岸に泳いでいくのを、ブコヴィナ風の上着が急流に流されていくのを見ている。困惑は一瞬で過ぎ去る。下流に急ぎ、鉄橋を渡って対岸に辿り着くと同時に、レールの振動音で接近を知らせていた機関車の長い絶叫が背後から聞こえる。少女は柳の節くれだった幹の間の岸辺の泥に横たわっている。荒い息をして、身を起こそうとしながらも、もう逃げるつもりもない。彼女の胸にブコヴィナ製の紫檀柄の短いナイフを突き刺している間、汗だくで息を切らせているミクシャには、殆ど何らの単語も聞き取れないが、震えるような、濁った、咽ぶような音節の洪水が泥と血と絶叫を通して聞こえてくる。素早く何度も刺す、義憤に駆られて、手に力が入る。列車の車輪が軋《きし》み、鉄橋の骨組の鈍い響きを立てる中、少女は話し始める、ルーマニア語で、ポーランド語で、イディッシュ語で、ウクライナ語で、代わる代わる呟《つぶや》く、あたかも彼女の死は何か大きな致命的な誤解、遥か昔バベルの塔での言語の混乱に根差す誤解の結果に過ぎないかのように。

死者の復活を目の当たりにした者、そういう者に幻覚は戯れない。ミクシャは死体から内臓を引き出し、浮かばないようにした後、水に沈めた。

身元不明遺体

チェコ警察が機関紙『フラサテル・ポリツェイニ』に載せた公告には、十八歳から二十歳の溺死者、女性、健康な歯、赤い髪と記されていたが、何らの反応も得られなかった。死体は一週間後に、犯行現場から七マイルほど下流で見つかった。周辺三カ国の警察が謎を解明しようとしたが、犠牲者の身元は確認できなかった。相互に不信感を抱き、諜報活動をしていた不安定な時代ゆえに、関心の高さは理解できる。日刊紙も溺死者に関する報道を行ったが、先述の警察機関紙は、死に至らしめた傷に関して詳しく報じており、胸部、頸部、背部にわたる二十七の刺し傷を列挙し、「鋭利な物体、おそらくナイフによるもの」としている。記事の一つには、遺体から内臓が摘出された方法が記され、実行犯が「解剖学の確かな知識」をもつ人物である可能性が言及されている。事件は、疑わしい点はありつつも、痴情の縺《もつ》れによるものと見做され、六カ月に及ぶ捜査は無駄足に終わって、お蔵入《アド・アクタ》りとなった。

謎めいた繋がり

一九三四年十一月にアントノフカ警察はアイミケなる人物、E・V・アイミケをディグタリエフ社の倉庫に放火した疑いで逮捕した。その事件は、謎めいた秘密の繋がりを連鎖的に揺るがした。アイミケは火災発生時に近隣の村の宿屋に避難したが、秋の分厚い泥に、自転車のタイヤの跡が八の字に曲がりくねってくっきりと残り、それがアリアドネーの糸のように警察を導いた。警察は怯えるアイミケを連行した。その後に続いたのは現実離れした思いがけない自白であった。彼こそがイェフィモフスカ通り五番地の住宅の地下で行われていた秘密の政治会合を当局に通報した人物であった。彼はそのような行動に至った理由を支離滅裂に挙げる中で、無政府主義者への共感を口にしている。警察は彼を信用しなかった。さらに数日間独房に留置され、反対尋問に圧迫されて、アイミケは少女殺害の一件を口にした。それは決定的な証拠として彼の立場を良くするはずであった。支部のメンバーには内部に密告者がいると疑うだけの確かな理由があって、メンバーの一人を犠牲にするしかなかった。ハナ・クシジェフスカは、組織に最近加わったばかりで、色々な意味で、裏切り者に仕立てるのに一番都合が良かった。そう言って、少女の人相、殺害場所、方法を詳しく述べ、実行犯の名前も告げた。*

＊　アイミケは自分の行動の秘密を墓まで持って行った。自白をした晩に、監房で首を吊ったのである。普通ではない状況から、他殺の疑いも否定できない。研究者の一部は、アイミケはドイツの諜報員、工作員であり、試練に耐えられなかったとしている。他の説では、彼は平凡な警察の情報屋であったが、警察自体から危険な証人として排除されたという。グールの仮説は、アイミケが我を失ったのは美しいポーランド人女性が自分に好意を示してくれなかったからというものだが、なかなかに捨てがたい。

自白

チェコスロヴァキアがソ連と相互援助条約を締結すると、いつもは緊迫している国境の問題がそれによって少なくとも一定の間保留となって、相互協力の幅広い地平が両国の警察の前に広がった。チェコ警察はソ連にズデーテン系ドイツ人で第三帝国の諜報員と証明された氏名を幾つか提供し、ソ連は見返りに元チェコ市民でソ連の諜報機関にはさほど重要でない者の情報もしくはソ連への逃亡について明確なイデオロギー上の理由を説明できない者の情報を提供した。その中に、ミクサット・ハンテスクなる人物、通称ミクシャの名前があった。チェコ当局は直ぐに彼を殺人犯と目して——少女殺害事件とハンテスクの失踪、アイミケの供述を結び付けるのは難しくなかった——身柄の引き渡しを求めた。ソ連の機関はその時初めて市民M・L・ハンテシに目を向けた、彼はソフホーズ「赤い自由《クラスナヤ・スヴァボーダ》」で働いていた。勤勉な労働者として屠殺場で働き、突撃作業員[1]に二度選ばれた。逮捕されたのは一九三六年十一月である。九カ月に及ぶ独房暮らしとすさまじい拷問で歯を殆ど失い、鎖骨が折られた後、ミクシャは捜査官を連れてくるよう言った。彼らはミクシャを椅子に座らせ、粗悪な紙と鉛筆を渡した。そして言った。「つべこべ言うな、書け！」ミクシャは白黒はっきりと認めて、一年かそこらより前に、党の義務を果たすべく、ハナ・クシジェフスカという名前の裏切り者、工作員を殺害したと自供したが、強姦については断固として否認した。農民らしいごつごつとした筆跡で自白を書いている間、質素な捜査員室の壁から信用すべき人物の肖像画が彼を見守っていた。ミクシャはその肖像画を眺めた、微笑みを浮かべた温厚そうな顔、賢い老人の善良な顔、そんな祖父に似た顔を、懇願するように、畏敬の念をもって眺めた。飢餓、打擲《ちょうちゃく》、拷問の数カ月の後、まさにこれがミクシャの人生における一度きりの明るい瞬間であった。この暖かくて居心地のいい捜査員室では古いロシアのストーブがパチパチと音を立てて、在りし日のブコヴィナのミクシャの家を彷彿とさせ、この平穏にあっては囚人の叫び声も打擲の鈍い音も聞こえず、肖像画が壁から父のように微笑みかけている。俄かに信念に駆られて、ミクシャは自白を書き上げる。自分はゲシュタポの工作員で、ソ連を転覆させるために働いていたと。その際に大それた陰謀の共犯者十二人の氏名も挙げた。それは次の通りである。I・V・トルブコフ、技師。I・K・ゴールドマン、カメロフの化学工場の現場監督。A・K・ベルリツキ、測地学者、ソフホーズの党書記。M・V・コレリン、地方裁判所裁判官。F・M・オリシェフスカ、クラスノヤルスク・コルホーズ代表。S・I・ソロヴィエワ、歴史学者。E・V・クワピロワ、教授。M・M・ネハフキム、聖職者。D・M・ドガトキン、物理学者。J・K・マレスク、植字工。E・M・メンデル、仕立職人の親方。M・L・ユセフ、仕立職人。

全員が二十年の刑を受けた。陰謀の首謀者であり中心人物として名指しされた人物、A・K・ベルリツキは、トラクターのエンジンの轟音が響く中、一九三八年五月十八日の夜明けに、ブティルカ監獄の中庭で、他の陰謀に関わった二十九人と共に銃殺された。

ミハイル・ハンテスクはイズヴェストコヴォ収容所でペラグラ病により死亡、一九四一年になる直前のことであった。

訳注

（1）模範的な生産活動者に与えられる称号。一九二〇年代から五〇年代まで用いられた。

仔をむさぼり食らう雌豚

ボリスラヴ・ペキッチに

永久の地

グールド・ヴェルスコイルスなる人物を主人公とする悲劇もしくは**喜劇**（スコラ的意味において）の第一幕は、地上の悲劇が何時もそうであるように、誕生から始まる。実証主義者の顰蹙《ひんしゅく》ものの決まり文句である環境と人種は、ともあれフランドル派の絵画に当てはまる程度には、人間に当てはまる。この劇の第一幕が始まるのは、したがって、アイルランド、「**世界の果て、人知の及ばぬ地**」とディーダラスの分身の一人が呼んだ地。アイルランド、「**悲哀、空腹、絶望、暴力の地**」と、もう一人の研究者[1]は、神話よりも地上の散文の重々しさに寄せて呼んでいる。けれどもこのもう一人の気取った抒情調も、彼の地の冷厳さには調和していないように思われる。「**日没にいちばん近いところ、**

アイルランドは日が暮れるのが見える最後の地である。早くもヨーロッパで夜のとばりが下りたころ、西方ではいまだ沈みゆく太陽がフィヨルドや荒地を赤く染めている。ところが、黒雲が集まり、星が落ちるにつれて、この島は、伝説で描かれたように、霧と闇に閉ざされた地に戻る。航海者たちが長らく既知の世界との境界と記してきた地に。その先にあるのは深淵、暗い海、かつて死者がみつけた永遠の地。彼らの黒い船は、耳慣れない名前の浜辺で、旅が形而上学的な意味を持っていた時代の証言となり、寄港も帰港もない夢へと誘う。」

奇人

ダブリンの町が養う奇人の見世物小屋は、西側世界全体で最も際立っている。没落貴族、攻撃的なボヘミアン、フロックコートを着た教授、職にあぶれた売春婦、名うての酔っ払い、襤褸《ぼろ》を纏った占い師、狂信的な革命家、病んだナショナリスト、狂気じみた無政府主義者、櫛と宝石で飾り立てた未亡人、頭巾を被った聖職者――終日リフィー川沿いをカーニヴァルの一団が行進する。ブールニケル(2)によるダブリンの描写を助けとして、信頼しうる情報が乏しい中で、グールド・ヴェルスコイルスがこの島で体験せざるをえないこと、彼の魂に入り込むものの一端なりとも感じ取ろうとするならば、例えば蒸し暑い夏の昼下がりに肺に入り込む、港の缶詰工場からの魚粉のおぞましい悪臭であった。

軽率に先走って言うと、あのカーニヴァルの一団こそ、最後のイメージとして我々の主人公の走馬灯に現れるのではなかろうか。アイルランドの気高い見世物小屋の奇人一行は（彼自身もある意味その一人である）リフィー川を停泊地まで下り、そこで姿を消す、あたかも地獄に呑まれたかのように。

黒い沼

グールド・ヴェルスコイルスはダブリン郊外の港に近い町で生まれ、汽笛を聞いて育った。その甲高い音は正義感の強い若者の心に、**黒い沼**《ドゥブ・リン》の外にも世界があって人々が生きていると告げていた。黒い沼はどこよりも悪臭が漂い、不正が蔓延《はびこ》っていた。彼の父を例に取れば、汚職に手を染める税関職員から（精神的意味で）さらに惨めな公務員になり、熱心なパーネル支持者から事大主義の清教徒に成り果てており、グールド・ヴェルスコイルスは嫌悪感を祖国に対して抱いていたが、その嫌悪感は倒錯したマゾヒスティックな愛国心の一形態に過ぎない。「女中のひび割れた鏡、仔をむさぼり食らう雌豚」とヴェルスコイルスは十九歳の頃に記しているが、この辛辣な文章は両親というよりアイルランドを指している。

上辺だけの陰謀を企てるとか、似非《えせ》神父、詩人、裏切り者らが暗殺計画を練るといった薄暗いパブで繰り広げられる戯言に疲れ果てて、グールド・ヴェルスコイルスは自らのノートに長身で近眼の学生が発した言葉を書き付けるものの、その言葉が悲劇的な結果を齎《もたら》すとは気付いていない。「わずかでも自分が大事な者はだれであれ、アイルランドに居続けられずに亡命していく、ジュピターかなにかが怒れる手で破壊したこんな国から逃げ出して。」

記された日付は一九三五年五月十九日である。

同年八月にモロッコ行きの商船**リングセンド号**で国外に出る。マルセイユに三日間停泊した後、**リングセンド号**は船員一名を残して出港する。より正確に言うと、無線電信士ヴェルスコイルスの代わりに新人が着任した。一九三六年二月、グールド・ヴェルスコイルスの姿はグアダラハラ近郊の、名高いリンカーンの名を冠した第十五英米兵団にある。その時彼は二十八歳であった。

色褪せた写真

信頼しうる資料は、パリンプセストの類であれ、これ以降暫く存在しない。グールド・ヴェルスコイルスの生涯は若きスペイン共和国の生死に渾然一体となる。写真が二枚だけある。見知らぬ兵士と聖堂の瓦礫《がれき》の前に立つ写真。裏には、ヴェルスコイルスの筆跡で記された「**アルカザル**。**共和国万歳！**《ビバ・ラ・レプブリカ》」。広い額はバスク帽で半分ほど覆われていて、口元には笑みが浮かんでおり、その笑みからは（今日的な観点では）勝者の高揚と敗者の苦々しさが読み取れる。表情の矛盾は、額の皺《しわ》のように、死の影を深くする。もう一枚の、集合写真の日付は一九三六年十一月五日。写真は極めて不鮮明である。ヴェルスコイルスは二列目にいて、相変わらずバスク帽を斜めに被っている。整列した小隊の前に広がる凸凹の地面から直ぐに墓地とわかる。名誉ある小隊が撃ったのは空への弔砲か生きた肉か？　グールド・ヴェルスコイルスの顔は油断なく秘密を守っている。整列した兵隊の上の、彼方の青い高みには飛行機が舞っている、あたかも十字架のように。

慎重な憶測

私にはヴェルスコイルスの姿が見える、マラガから、徒歩で引き揚げながら、ファランヘ党員の死体から剥ぎ取った革の外套を着ている（外套の下はやせ細った裸体と革紐が付いた銀の十字架だけ）。私には彼の姿が見える、銃剣に駆け寄っていく、喊声《かんせい》をあげて殲滅《せんめつ》の天使の翼に乗っているかのように。私には彼の姿が見える、無政府主義者らと大声を競い合っている、無政府主義者らは気高く無意味な死を迎える覚悟で、黒い旗をグアダラハラ近郊の草木もない丘陵に掲げた。私には彼の姿が見える、暑い空の下、ビルバオ近郊の墓地付近で、講話に耳を傾けている、講話では、世界創造の折のように、生と死、天と地、自由と圧制が明瞭に分かたれている。私には彼の姿が見える、あらん限りの銃弾を上空の飛行機に発射するものの、力及ばず、その直後に倒れ込んで、火と土と榴散弾に覆われる。私には彼の姿が見える、自分の腕の中で死んだ、アルマン・ジョフロという学生の死んだ身体を揺さぶっている、サンタンデール近郊でのこと。私には彼の姿が見える、汚れた包帯を頭に巻いてヒホンの近くの野戦病院に横たわっている、負傷者の譫言《うわごと》が聞こえる、アイルランド語で神を呼んでいる者もいる。私には彼の姿が見える、若い看護師と話をしている、看護師は子供のように彼を寝かし付け、彼の知らない言葉で子守唄を歌う、モルヒネが効いて夢現の中、彼女が片足を失ったポーランド人の寝台に上がるのが見え、それから直ぐに、悪夢を見ているように、痛ましい愛の騒めきが聞こえてくる。私には彼の姿が見える、カタルーニャの何処かで、大隊の野戦司令部の「モールス」の傍に座って救援を求める絶望的な呼び掛けを繰り返している、その間近隣の墓地のラジオからは無政府主義者らの陽気な自殺志願の歌が流れてくる。私には彼の姿が見える、結膜炎と下痢に苦しんでいる。私には彼の姿が見える、腰まで裸になって、井戸端で髭を剃っているがその井戸の水には毒が入っている。

幕間

一九三七年五月末、バルセロナ郊外の何処かで、ヴェルスコイルスは大隊の司令官に面会を求める。司令官はようやく四十を過ぎたばかりだが、実年齢より若く見える老人といった風情である。書き物机に屈みこんで、死刑判決に署名をしている。副官は、首までボタンを留めて目映《まばゆ》い狩猟用ブーツを履き、上官の横に立って署名の一つ一つに吸い取り紙を当てている。室内は蒸し暑い。司令官はバチスト織のハンカチで顔を拭う。遠くでは大砲の爆発音が規則正しく響いている。司令官がヴェルスコイルスに手で合図をして話を促す。「暗号通信が好ましくない者の手にわたっております」とヴェルスコイルスは言う。「誰にだね？」と司令官は、ややうわの空で尋ねる。アイルランド人は躊躇し、副官を疑わしげに見る。そこで司令官はヴェルダン戦の口調に切り替える。「話せ、坊主、誰の手にだ？」アイルランド人は一瞬黙り、それから机ごしに身を乗り出して、司令官の耳元で何かを囁《ささや》く。司令官は立ち上がり、ヴェルスコイルスに近づくと、扉まで見送り、新兵や夢想家にするように肩をぽんと叩く。それで終わり。

旅の誘い

五月三十一日から六月一日（一九三七年）にかけての悪夢の夜にヴェルスコイルスは「モールス」の横に座って、アルメリアの丘陵方面の前哨に厳しい電信を送っている。その夜は蒸し暑いうえにロケット弾に照らされて辺りは現実とは思えない様相である。夜明け前に、ヴェルスコイルスは「モールス」をバスク人青年に譲る。アイルランド人は森に入り、無線電信局から十歩ほどで、疲れ切って、湿った草の中で、うつ伏せになって寝る。

本部の伝令が彼を起こす。ヴェルスコイルスはまず空を、それから自分の時計を見る。四十分も経っていなかった。伝令は彼に命令を伝えるが、その口調は彼の階級に相応しくない。「湾に停泊している船の無線が故障している。修理せよ。任務完了は、副官に報告すべし。**共和国万歳**《ビバ・ラ・レプブリカ》**！**」ヴェルスコイルスはテントに急ぎ、道具の入った革鞄を持って伝令と一緒に湾に向かう。税関の扉に誰かが夜のうちに白ペンキで書いたのだろう、勝者の台詞が未だ滴っていた。「**死万歳**《ビバ・ラ・ムエルテ》」。埠頭から、遠くの海原に、朝靄《あさもや》を通して船のシルエットが見える。伝令とボートの船員は桟橋で不要な暗号を交わす。ヴェルスコイルスはボートに座って岸を振り返りもしない。

装甲された扉

辺りには焦げた板が漂っている、おそらく夜のうちに岸の近くで魚雷に沈められた船の残骸であろう。ヴェルスコイルスは灰色の海を眺めて、おそらく、侮蔑すべき、侮蔑に値するアイルランドを思い起こす。（その侮蔑に郷愁の影もないかは確かめようがない。）同行者は黙って、重い櫂《かい》を漕ぐのに忙しい。ほどなく船の傍に到着するとヴェルスコイルスは上甲板から見られていることに気付く。舵手が船長に双眼鏡を渡した。

ここで技術的な詳細が暫く続くが、この先の話の流れには余り重要ではない。船は五百トンかそこらの古い木造の蒸気船であり表向きにはフランスの港ルーアンに無煙炭を運んでいる。銅製の部分――手すり、ボルト、ドアノブ、窓枠――はかなり錆びて緑色になっており、船旗は、煤に塗れて、特定するのも難しい。

ヴェルスコイルスが滑りやすい縄梯子を上り、その後ろをボートの船員二人が付いていくが（一人は客が上りやすいように手から革鞄を受け取った）、甲板にはもう誰もいない。二人の船員は甲板下の一室に彼を連れていった。部屋には誰もおらず、扉は同じく光沢のない青銅で装甲されている。錠の下ろされる音が聞こえる。と同時にヴェルスコイルスは船が動き出しているのに気付く。怖れよりも先に怒りが沸いてくる、まんまと罠《わな》に嵌《はま》った、まるで青二才みたいに。

航海は八日間続いた。その八日八夜ヴェルスコイルスは甲板下の、機関室の隣の狭い船室で過ごし、エンジンの耳をつんざくような轟音が、石臼のように、彼の思考と睡眠をぶつ切りにする。奇妙にも運命を甘受して（見せかけに過ぎない、後でわかる）、彼は拳で扉を叩いたり、助けを呼んだりしなかった。逃亡は微塵も考えていないようであり、考えたとて無駄であった。鏡のないブリキの洗面台で朝に顔を洗い、食事が装甲扉の丸窓から一日三回差し入れられるのを眺め（鰊《にしん》、鮭、黒パン）、それから、水以外は何も口にせず、再び寝具のない硬い船員用の寝台に横になるのであった。彼は船室の窓から大海原の単調なうねりを見つめた。

三日目、ヴェルスコイルスは悪夢から目を覚ます。彼の寝ている向かいの狭いベンチに座って二人の男が黙って彼を見ている。ヴェルスコイルスは慌てて身を起こす。

同行者

青い目と健康そうな白い歯をした同行者の二人は、ヴェルスコイルスに友好的に笑いかけた。どこか不自然な礼儀正しさで（時と場所にそぐわない不自然さ）、二人も慌てて立ち上がると自分の名前を言いながら軽く会釈をする。ヴェルスコイルスは、自己紹介をしながら、自分の名前の音節が急にまるで見ず知らずの他人のもののように思えた。

その後の五日間三人の男は装甲扉で閉ざされた狭く暑苦しい船室で生命を質種にポーカーをするような恐ろしい危険な遊びをして過ごした。議論が途切れるのは乾燥鰊の切り身を急いで飲み込む時か（旅の四日目からはヴェルスコイルスも食事をし始めた）あるいは口の渇きを癒して大声を出さずに休憩する時（そうすればエンジンの耐え難い轟音は静寂の裏返しに過ぎなくなる）のみであり、三人の男が、正義、自由、プロレタリアート、革命の目的について語り、口角泡を飛ばしながら自らの信念を証明しようとする様は、あたかも公海上にある船の薄暗い部屋を客観的で中立的な唯一無二の場所として意図的に選び、議論、情熱、信念、狂信の恐ろしい遊びをしているかのようであった。無精髭を伸ばして汗だくになり、袖を捲って痩せ細った男達が、議論を中断したのは一度きりである。それは、旅の五日目で、二人の訪問客は（名前以外にわかっているのは、二十歳位で、船員ではないということだけ）ヴェルスコイルスを数時間一人にして出ていった。その間アイルランド人の耳に、エンジンのつんざくような轟音に紛れて、甲板から聞き覚えのあるフォックストロットの響きが聞こえてきた。零時になる前に音楽が急に止んで訪問客がほろ酔いで戻ってきた。二人はヴェルスコイルスに船で祝宴があったと伝えた。その日の午後に無線電信士が受け取った電信に基づき、**ヴィーチェプスク号**が**オルジョニキーゼ号**に改名されたのである。二人は彼にウオッカを差し出した。彼は断った、毒を盛られまいかと怖れたのであった。若者達はそれに気付き、アイルランド人の疑り深さを笑いながらウオッカを飲み干した。

不意にエンジン音が急停止し、船室での会話もぴたりと止まる。あたかもエンジン音の殺人的なリズムが儀礼的な伴奏としてこれまで彼らの思考や彼らの議論に活力と熱気を齎していたかのようであった。今や彼らは黙っていた、一言も発さなかった、そして耳を傾けていた、船の舷側に打ち寄せる波の音、甲板を歩き回る足音、さらに重い鎖が引き摺られる長い音がした。船室の扉が解錠されて三人の男が吸い殻と魚の骨だらけの居室を後にしたのは夜半を過ぎてからであった。

手錠

ヴィーチェプスク＝オルジョニキーゼ号はレニングラードから九マイルの沖合に停泊していた。遠くの海岸に見える光の塊から、ほどなく一つの光が目立ち始め、次第に大きくなり、風が、船に近づくボートの力強いモーター音を、先触れとして運んでくる。軍服を着た三人の男――一人は大佐で、他の二人は階級章がない――が、ヴェルスコイルスに近づいて拳銃を向けた。ヴェルスコイルスは両手を上げる。彼らは身体検査をしてから、腰の付近に縄を巻きつけた。ヴェルスコイルスが大人しく縄梯子を下りてモーターボートに座ると、手錠が銅製の背もたれに掛けられた。サーチライトの光に照らされた幽霊のような船のシルエットを眺めた。腰にロープを巻きつけられて、縄梯子を下りてくる同行者の二人が見えた。ほどなく三人全員が隣り合って、座席に手錠を掛けられて座った。

公正な判決

アイルランド人グールド・ヴェルスコイルスと二人の同行者による六日六晩の言葉と議論による戦いの真の結果は、現代思想の研究者にとって謎のままとなるであろう。同様に心理学的な謎であり、法学的にも極めて興味深い謎が残る。恐怖と絶望に抑圧された人間が、外的な圧力もなく、暴力も拷問もなく、他の二人の頭の中の、教育、読書、習慣、鍛錬によって長年かけて構築された総てを揺さぶるほど、証拠と経験の力を研ぎ澄ましうることがありえるのか。というのは、法定の判決は——あるウ上級判事によれば、三人はいずれも等しく厳罰（八年の刑）に処された——全く根拠がなくもないらしい。というのは、もしあの二名（ヴャチェスラフ・イスマイロヴィチ・ジャモイダとコンスタンチン・ミハイロヴィチ・シャドロフ、それが彼らの名前であった）が、精も根も尽き果てるようなイデオロギー論争の末に共和派のヴェルスコイルスの頭に浮かんだ或る疑念（広範囲に影響を及ぼしたであろう疑念）を揺さぶったと我々が信じるとして、彼ら自身もまたその際に反証された諸々による危険な影響に苦しめられたのではないかという尤もな懸念も生じざるをえない。対等な敵と容赦なく戦う時には、闘鶏が血みどろになって争うように、誰もが無傷ではいられない。どちらが勝利の栄光を手にするかは関係ない。*

＊ 取調べの間、ヴェルスコイルスは、あの運命の日、面会の際に、暗号通信がモスクワにわたっていると大隊の司令官に囁いたことを頑なに否認する。当時彼は知るよしもなかったが、取調官の目の前には副官からの報告書があり、そこには、ヴェルスコイルスの発言として、危険であり冒瀆的でもある疑いをはらむ、「ソ連の秘密警察が共和国軍の指揮系統を掌握しようとしている」という言葉が、一言一句そのまま繰り返されていた。副官本人——チェリュストニコフ——とのカラガンダの乗換駅での短い会話によって、真相が明らかとなる。司令官は副官に、ヴェルスコイルスの内密の申し立てを、よくできた冗談として伝えてしまったのであった。

フィナーレ

ヴェルスコイルスの同伴者二名の行方がわからなくなるのはバレンツ海沿岸のムルマンスクであり、一九四二年の厳しい冬の間、二人は収容所の病棟の同じ区画に横たわり、眼が殆ど見えなくなり、壊血病で衰弱していた。二人とも歯が抜けて老人のようであった。グールド・ヴェルスコイルスが死んだのは一九四五年十一月、カラガンダで、脱走に失敗した後であった。凍った遺体は裸のまま、紐に縛られて、不可能を夢見る者どもへの見せしめとして収容所の入口に逆さ吊りにされた。

後記《ポスト・スクリプトゥム》

ダブリン退役軍人連盟が出版した記念刊行物『アイルランドからスペインへ』において、グールド・ヴェルスコイルスの名前は誤ってブルネテの戦いで斃《たお》れた約百名の共和派アイルランド人の間に記載されている。かくしてヴェルスコイルスは実際に死ぬ八年ほど前に死者と宣告されて不本意な名誉を授かった。リンカーン兵団も勇敢に戦ったかの有名なブルネテの戦いがあったのは、一九三七年七月八日から九日にかけての夜である。

訳注

（1）『本人によるジョイス』*Joyce par lui-même* を執筆したジャン・パリのこと。

（2）『アイルランド』*Irlande* を執筆したカミーユ・ブールニケルのこと。ジャン・パリの『本人によるジョイス』にブールニケルの引用がある。

機械仕掛けのライオン

アンドレ・ジッドへのオマージュ

巨人

この物語に登場する唯一の歴史上の人物、エドゥアール・エリオは、フランス急進社会党党首、外務委員長、リヨン市長、国会議員、音楽学者等として知られるが、ここではさほど重要な役割を占めないであろう。急いで付言すると、それは、この物語の展開において無名ながらも確かに実在した他の登場人物よりも重要性が乏しいためではなく、単に歴史上の人物には他にも記録があるためである。忘れないでおこう、エドゥアール・エリオは自身が文筆家であり回顧録・評伝の執筆者、*高名な

＊『レカミエ夫人とその友人たち』*Mme Récamier et ses amis*、『新しいロシア』*La Russie nouvelle*、『私はなぜ社会

政治家であって、その伝記は然るべき百科事典を少し調べれば見つけられる。

或る証言はエリオをこんな風に描写する。「大柄、頑健、肩幅は広く、角張った頭になでつけられた短髪のくせ毛、剪定《せんてい》ばさみで刈り込まれたような顔立ち、それを横切る短く濃い口髭、力強い印象を与える人物である。その声は朗々として、繊細なニュアンスに富み、抑揚が豊かで、騒々しい群衆をやすやすと抑え込んだ。自分の表情を巧みに操ることができるように、群衆を巧みに操ることができた。」同じ証言は彼の特徴をこんな風に描写する。「演壇に立つ彼はじつに一見の価値があった。深刻な話から愉快な話へ、打ち明け話から高らかな原則の宣言へ。反論する者が現れたときはどうかというと、そのつまらない挑戦を受け入れて、相手に話をさせているあいだ、エドゥアール・エリオは顔にはっきりとした微笑を浮かべる――それは止めの一言の予兆で、すぐに笑いと拍手が沸き起こり、わなにかかった相手は混乱の渦に陥る。たしかに、その微笑は、批判が侮蔑的な口調で発せられるときには消えた。そのような攻撃に対して彼は逆上し、罵詈雑言《ばりぞうごん》を返すこともあったが、そのときでも必ず、傷つきやすい人物と思われないように用心していた」。**

もう一人

この物語のもう一人の重要人物、A・L・チェリュストニコフについて確《しか》とわかっているのは、四十歳前後であったこと、長身で、やや猫背であり、金髪であったこと、お喋りで、自慢したがりで、女たらしであったこと、最近までウクライナの新聞『新しい夜明け』の編集者をしていたことのみである。ポーカーとブラックジャックの腕前が素晴らしく、ポルカと速歌《チャストゥーシカ》をアコーディオンで奏でられた。その他の証言は大いに齟齬《そご》があり、したがっておそらく重要でもない。それでもそれらも記しておくものの、幾つかの情報源で疑問符が付けられるのも頷《うなず》ける。その内容は次の通りである。スペイン内戦において政治コミッサールであり、バルセロナ近郊の戦闘で騎馬隊として名を挙げた。ある夜マラリアの高熱に浮かされながらも二人の看護師と寝台を共にした。妨害工作の容疑者であるアイルランド人を、ラジオの送受信機の修理が必要と騙《だま》して、ソ連の貨物船オルジョニキーゼ号に誘い込んだ。（実は）オルジョニキーゼ自身と個人的に面識があった。三年にわたって超がつく有名人の妻の愛人であった（そしてまさしくそのせいで収容所に送られた）。ヴォロネジの学生アマチュア劇団でオストロフスキ『森林』のアルカディを演じた。

以上の証言には疑わしく不確かな部分があり、最後のエピソードはとりわけ疑わしいが、チェリュ

急進党なのか』*Pourquoi je suis radical socialiste*、『リヨンはもう』*Lyon n'est plus*、『ノルマンディーの森』*Forêt normande*、『往時』*Jadis*、『記憶』*Souvenirs*、『ベートーヴェンの生涯』*Vie de Beethoven* など。

＊＊　André Ballit, *Le Monde*, 28 mars 1957.

ストニコフの話の中で、エリオに関するものは、空想の産物のように一見思えても、特筆に値する。また私がその話をここに記すのは信憑性について疑いを差し挟む余地が乏しいからである。そもそも、誰もが同意するように、チェリュストニコフの話はどれほど突拍子がなくとも、実際の出来事に基づいている場合がある。何より信頼しうる証拠は、この後に続く物語を、エドゥアール・エリオ当人、輝かしい知性（"une intelligence rayonnante"）という正当な評価をダラディエから受けた人物が一定程度認めていることである。そういう訳で今からチェリュストニコフとエリオの昔の出会いについて、私自身の知ることと知りうることを語ってみよう、物語を覆いつくす夥《おびただ》しい資料の海から一時離れるけれども、疑り深く好奇心旺盛な読者は先述の文献の中から必要な証拠を見つけてほしい。（エッセイや研究のように全資料を通常の方法で使用できる形式を選ぶ方が賢明であったかもしれない。しかし、二つの点から断念した。一つは、信頼しうる人々の口頭による生きた証言を資料として引用することの不適切さである。そしてもう一つは、物語る喜びを諦められなかったためである。物語ることは作家に危険なアイディアを与えるのである、世界を創造したい、さらには、よく言われるように、世界を変えたいというアイディアを。）

電話と拳銃《リボルバー》

一九三四年十一月の寒い夜、チェリュストニコフ、地元新聞社の社外記者、文化問題と対宗教闘争問題の担当者は、イェゴロフカ通りの四階の暖かい部屋に置かれた、貴族が使うような大きな寝台で、生まれ立ての赤子のように裸で寝ていた。目映《まばゆ》い木苺《きいちご》色のブーツは寝台にきちんと立て掛けられていたが、服と下着は四方八方に散乱し、女物の絹の下着と乱雑に混ざり合っていた（情熱的な焦燥の証）。部屋には汗とウオッカと香水の匂いが生暖かく漂っていた。

チェリュストニコフは（彼を信じるなら）夢を見ていた、舞台に出て、或る役、おそらく『森林』のアルカディを演じるはずが、衣装が何処にも見当たらない。ぎょっとする（夢の中で）、出番を知らせるベルが聞こえてくる、けれど彼はその場で立ちすくんで動けない、実際には座り込んで、毛深い裸体を晒したまま、手足を動かせない。突然、何もかも舞台上の出来事であるかのように、幕が上がり、斜めから降り注ぐ眩しい光に照らされて光線の集中砲火を浴びる中、観客が見える、上のバルコニー席から下の平土間まで、観客の頭は菫《すみれ》色の光環で輝いている。最前列にいるのは地区委員会の面々であろうか、その中で目立って光輝く額は同志M、『新しい夜明け』の編集長で、息が止まるほど笑い転げて、何か嘲ったり侮辱したりする言葉、自分（チェリュストニコフ）の男性性に関わる言葉を投げつけている。楽屋のベルがずっと鳴り続け、いよいよしつこくいよいよ大きくなるので、チェリュストニコフは（夢の中で）あれはきっと火事を知らせるベルで、幕に火がついたのだろう、観客は直《じき》にパニックになって逃げ出すだろう、そうしたら自分はここで、舞台の上で、生まれ立ての赤子のように裸で取り残され、動けずに、炎のなすがままになるのだろうと思う。右手が急に呪いから解かれ、夢現に、本能的に、古き良き習慣として、枕の下に置いていた拳銃へ手を伸ばす。チェリュストニコフはナイトテーブルの明かりを点け、はずみでウオッカのグラスを倒す。瞬時に、今は銃よりもブーツだと気付き、鞍に飛び乗るようにブーツに飛びつく。『新しい夜明け』の編集長の妻は身じろぎしつつ眠っていたが、ベルの音で目を覚ますと、美しい、やや腫れぼったいアジア風の瞳を開ける。電話が突然鳴り止んで二人は安堵する。ひそひそと、重苦しい相談が続く。ナスターシヤ・フェドチェヴナ・Mは、戸惑い怯えながら、チェリュストニコフが服の山から投げてよこした肌着を着ようとする。その時電話が再び鳴り始める。「起きろ」とチェリュストニコフは拳銃を腰に付けると同時に言う。ナスターシヤ・フェドチェヴナは震え上がって彼を見つめる。するとチェリュストニコフは狼狽《うろた》えている女に近づき、豊かな胸の谷間に接吻をして言う。「受話器を取れ。」女が立ち上がり、チェリュストニコフは騎士然と、自分の革の外套で包んでやる。それから直ぐに女の声が聞こえる。「だれを？　チェリュストニコフ？」（男は口に指を当てる。）「見当もつきません。」（間）急いで電話を切る音が聞こえ、女は受話器を置き、ソファーに倒れ込む。「地区委員会《ライコム》からよ。」（間）「急用ですって。」

書類綴り

ソコロフスキ大通りの寒々とした部屋に帰る前に、チェリュストニコフは雪に覆われた通りを長々と歩き回った。ドニエプル川に沿って回り道をしたので、家に着くまでに丸一時間もかかった。革の外套を脱ぐと、グラスにウオッカを注ぎ、ラジオをつけた。五分と経たないうちに、電話が鳴り出した。三度鳴らしておいてから、受話器を取る。咄嗟《とっさ》に深夜の電話（もう二時を過ぎていた）に驚いたふりをし、そんなに急用なら、遅くとも三十分後にはそちらに向かいますと言う。服を着るだけです、脱いだばかりでして。よかろうと返事がある、車を回そう、急用だ。同志ピャスニコフが口頭で説明する。

同志ピャスニコフ、地区委員会書記は、端的に用件を説明した。明日午前十一時頃にキエフに市民エドゥアール・エリオ、フランスの労働運動の指導者が到着する。チェリュストニコフは言う、モスクワに来るのは新聞各紙で読みましたが、キエフにも来るとは知りませんでした。ピャスニコフはそこでチェリュストニコフに聞く、そういう人物の来訪がどれほど重要であるかおわかりか。彼は、わかります、と言う（とはいえ来訪の意義や自分の役割についてそれほど明白にわかっている訳ではなかった）。チェリュストニコフの無知を悟っているかのように、ピャスニコフは説明し始める。市民エリオは、共感を抱きつつも、ブルジョワ階級にありがちな或る種の疑いを革命の成果に対して抱いている。ピャスニコフはエドゥアール・エリオの人生と著作を詳細に語り、プチブルジョワの生まれを強調し、数々の地位を読み上げ、クラシック音楽と世界の進歩主義的な運動を愛している点に触れ、フランス側のボリシェヴィキ国家《ゼムリエ・ボリシェヴィカ》の(彼はこう言った、**ボリシェヴィキ国家《ストラン・ボリシェヴィコフ》の**)容認に際して彼が果たした役割を強調した。最後にピャスニコフはデスクの抽斗から書類綴りを一つ取り出して捲り始める。「ほら」と彼は言う、「たとえば此処。読み上げますぞ。**一人の非宗教的なフランス人でさえ**(ご覧のとおり、エリオは宗教的な偏見から解き放たれていた……彼を信じるならば)、**一人の非宗教的なフランス人でさえ、聖職者の迫害に対して声を上げずにいることは難しい**。(同志ピャスニコフはここで再度中断し、目線を上げてチェリュストニコフを見る。「おわかりか?」チェリュストニコフが頷くと、ピャスニコフは言い足す。「彼らにとって、聖職者は未だに聖なる牝牛のようなもの、われらにとっての農民のようなものなのです……むろん、昔のですが。」)**なぜなら、それは思想の自由に対する攻撃を意味するからだ。全く不必要な攻撃**……云々、云々」とピャスニコフは言って書類綴りを閉じる。「これですっかりおわかりだろう?」——「はい」とチェリュストニコフは言ってグラスに水を注ぐ。同志ピャスニコフの部屋には朝四時まで滞在した。そしてもう七時には起きていた。列車の到着まで残されているのはきっかり四時間であった。

時と分

Ａ・Ｌ・チェリュストニコフの人生における重要な朝は、時間毎に、次のように経過した。七時、電話で、起床。チェリュストニコフは空き腹にウオッカを一杯流し込み、冷たい水で洗面をする、上半身は裸。服を着て、ブーツを磨く。コンロで卵を炒め、ピクルスと一緒に食べる。七時二十分、地区委員会に電話をする。ピャスニコフが口に食べ物を頬張りながら、無作法を詫びる、一晩中職場を離れられず、少し仮眠をしただけでしてな、ソファーで、デスク裏の。チェリュストニコフに気分はどうかと尋ねる。そして、言う、メーキャップ担当のアヴラム・ロマニッチに会ってもらう予定です、劇場のロビーで（関係者用出入口）、午後四時です、必ず時間通りに行くように。七時二十五分、ナスターシヤ・フェドチェヴナに電話をする。長い沈黙の後（地区委員会からの送迎車がもう下でクラクションを鳴らしている）、『新しい夜明け』の編集長の妻の狼狽えた声が聞こえる。さっぱりわからない、どうして昨夜《ゆうべ》あなたが私のところにいるとわかったんだろう。もうだめ。もしＭ（つまり彼女の夫）にばれたら、毒を飲むわ。こんな不名誉には耐えられない。そう、そう、毒よ。ねこいらずを飲んでやる。彼女がべそをかきながら、囁《ささや》き声で、ああでもないこうでもないと止めどなく話すのに何とか口を差し挟んで、慰めの言葉をかける。心配することはない、たまたまさ、今度説明する、ただ、いまは急いで出かけなきゃならない、車が下で待っている。ねこいらずなんて考えるんじゃない……七時半、家の前で待っていた黒塗りの車に乗る。八時十五分前頃、地区委員会に到着する。同志ピャスニコフの目は赤く腫れぼったい。ウオッカを一人一杯飲んで、それから打合せをして、八時から九時半まで、互いの邪魔にならないように、各々の部屋から電話をする。九時半、同志ピャスニコフが、兎のような目をして、胡桃材の大きなデスク上にあるスイッチの一つを押すと、掃除婦が紅茶をお盆に載せて運んでくる。熱い紅茶をちびちびと時間をかけて飲みながら、黙ったまま、重要任務を全うした者同士、笑みを交わす。十時、二人は駅へ向かって安全を確認する。同志ピャスニコフの要請により、**宗教は人民のアヘンだ**と書かれたポスターが大急ぎで剝がされ、もう少し別の、形而上学的な響きのもの、**太陽万歳、夜は退け**に変えられる。十一時きっかりに、賓客を乗せた列車がプラットフォームへ入ってくると、チェリュストニコフは出迎えの委員一行から離れ、脇に移動して保安部の警官の間に立つ、彼らは、私服を着て旅行鞄を持ち、偶々居合わせた好奇心の強い旅行客がフランスからの親善客を拍手で迎えようと喜んで待っているように装っている。エリオに一瞥をくれると(何やら小物そうに見えたが、ベレー帽のせいだろう)、チェリュストニコフは脇の出口から外に出て、急いで車で走り去った。

ソフィヤ大聖堂に着いたのは十二時きっかりであった。

昔日

聖ソフィヤ大聖堂は、ウラジーミル、ヤロスラフ、イジャスラフの栄えある日々の不穏な記憶として建立された。わずかに模範としたのはコルスン修道院で、こちらは「聖なる町」と呼ばれるヘルソンもしくはコルスンに因んで名付けられている。碩学ネストールの年代記の記述では、ウラジーミル公は、自らが洗礼を受けた町コルスンから、教会のイコンや彫像を持ってきた。そこには「四頭の馬の青銅*」も含まれる。しかし、聖公ウラジーミルが置いた教会の最初の礎石と、聖ソフィヤの歴史との間には、さらに多くの水、血、遺体が、栄えあるドニエプル川を流れるであろう。古代スラヴの神々はキリスト教という一神教を受け入れたキエフ公の名高い気まぐれに依然として抵抗し続けるであろうし、異教徒のロシアの民は異教徒的な冷酷さでもって「ダグ神の息子ら[1]」と戦い続けるばかりか、風下にいる「ストリボーグの子ら[2]」に戦闘の矢と槍を放ち続けるであろう。キリスト教の信奉者の冷酷さは、とはいえ異教徒の冷酷さに劣らず、一神教の圧政下における狂信は遥かに峻烈で揺るぎない。

* "Četyre koni mediani." おそらく、専門家の一部が主張するように、こう読むべきだろう。"Četiri *ikoni* mediani"（四つのイコンの青銅）。語彙上の二重性には、なかんずく、異教とキリスト教という二つの偶像崇拝の衝突と浸透の一例を見出せる。

栄えあるキエフ、ロシア諸都市の母は、十一世紀初頭には四百余りの教会を有するようになり、メルゼブルクのティートマールに依れば、「コンスタンティノープルのライヴァル、ビザンツのもっとも美しい真珠」となる。かくしてビザンツ帝国と信仰を受け入れ、ロシアは、正教を通じて、古来の洗練された文明への仲間入りを果たすも、ローマ教会からの分裂と破門によってモンゴル人の意のままに侵略されることになり、ヨーロッパの庇護も当てにはできない。この分裂があまつさえ西洋からのロシア正教の孤立を招く。教会が農民の血と汗の上に建てられるが、高く聳《そび》えるゴシック様式の塔を知らぬままであり、感情面においてはロシアに騎士道精神は根付かず、「女性崇拝などなかったかのように妻を殴るであろう」。

これらはいずれも多かれ少なかれキエフのソフィヤ大聖堂の壁やフレスコ画に描かれている。その他は重要度の低い歴史的事実に過ぎないながらも記しておくと、大聖堂を建立したのはヤロスラフ大公（一〇三七年）で、異教徒のペチェネグとの戦いに勝利を齎《もたら》した日を永遠に記念するためであった。全ロシアの都市の母なるキエフがコンスタンティノープルを妬まぬように、彼は教会の正門に壮麗たる黄金の門を作るよう命じる。栄光は長くは続かなかった。モンゴルの遊牧民が大草原《ステップ》から押寄せて（一二四〇年）、栄えある町キエフは灰燼《かいじん》に帰した。しかしその時聖ソフィヤは既に廃墟と化していた。一二四〇年にドームが壊れたのである。同じ時に、デシャトナ教会のドームも壊れ、モンゴル民族による残忍な虐殺から逃れようとした数百人のキエフの人々が犠牲となった。ポーランド王に仕えたノルマンディーの貴族ボープラン卿は、一六五一年にルーアンで刊行した『ウクライナ誌』

に、墓碑銘の如き言葉を記している。「キエフの教会で後世に残されたのは二つだけである。残りは遺憾ながら廃墟となった。遺跡の遺跡《レリクイアエ・レリクイアルム》」。

この教会で最も有名なモザイク画、**祈る聖母**を、キエフの人々は「ネルシマヤ・スチェナー」、不滅の壁の呼び名で讃えたが、それは正教会の祈禱同讃詞《アカフィストイコス》十二番への婉曲的な引喩としてであった。とはいえ伝説は違う意味でこの呼び名を正当なものとしている。教会が倒壊した折、壁という壁が崩れ落ちたが、後陣だけは、モザイク画の聖母のおかげで無傷であった。

神の家のサーカス

我々の物語の本筋からの脱線に一見思えるかもしれないが（最後には、脱線というのは全くの思い違いとわかるであろう）、ここであの一風変わったフレスコ画について触れずにはいられない。フレスコ画が描かれているのは上階に通じる螺旋階段の壁面で、ここから王子や大貴族の客人は宮殿を出ることなく奉神礼に出席することができた。フレスコ画は一八四三年に新しい層の下から見つかったが、急を要したことと、発見と過ちの母たる物好きのせいで、修復は極めて杜撰《ずさん》に行われ、古い緑《ろく》青《しょう》、黄金と祭服の輝きに、成金的な富と豪奢な貴族の輝きが加えられた。しかしそれ以外の場面は、手つかずのまま残された。ビザンツの青い空の下には、競馬場とサーカス、前景には貴賓席があり、皇帝と皇妃が従者に囲まれている。柵の向こうで馬丁が後足で立つ馬を競馬場に放とうと待ち構えている。いかつい顔をした戦士達が、槍を携え、犬の群れを引き連れて、野獣を追い立てる。曲芸師や俳優が舞台の上で己の技を青い空の下で披露する。筋骨隆々とした競技者が長いポールを手に持ち、それを、まるで猿のように軽々と、一人の軽業師が昇っていく。斧を手にした剣闘士が熊の頭を被った猛獣使いに突進する。

コンスタンティノス・ポルフュロゲネトスの書では、ビザンツ宮廷の儀式について述べられており、「ゴート人の遊戯」という章には、最後の場面の意味が記されている。「ゴート人の遊戯《ルドゥス・ゴティクス》と呼ばれる催しは、皇帝陛下の思し召しにより、毎年キリスト降誕の祝日後の八日目に開かれ、皇帝陛下に招かれし者は、凶暴な動物の面を付けるか頭を被るかして、ゴート人に扮する。」

昔日についてはここまでとする。

醸造所

今日キエフのソフィヤ大聖堂は高いドームの下に**スパルタク**社の工場の一部、穀物乾燥機と倉庫を隠している。二十トンの巨大なタンクが、角材で作られた台の上に置かれ、壁にずらりと並ぶ一方、重そうな鉄製の樽が、柱の間の至るところ、後陣にまで見られる。乾燥機は二階建てで、窓の高さからアーケードまで木製の格子が付けられている。（ビールに独特の芳香を与えてくれる微生物の発芽のためには、温度を摂氏十一度に保つのが最もよい。）側面の窓の一つはガラスが外され、そこからアルミニウムのパイプが、ストーブのパイプのようにＬ字に曲がり込み、教会から数百メートルに位置する大きな平屋建ての発酵場に穀物乾燥機を繋いでいる。足場と梯子が、格子とパイプとタンクを繋ぎ、ホップと麦芽の酸っぱい香りが太古の壁の間に雨後の果てしない大草原《ステップ》の香りを齎す。フレスコ画と祭壇を（最近の法令に則って）覆っているのは長い黄麻《ジュート》の垂れ幕で、あたかも灰色の旗のように壁に下がっている。かつて「突如現れし大天使に驚く」「純潔の乙女」がいた場所には（正確に言えば今もそこにいる、灰色のヴェールの下に）、今は重厚な金メッキの額縁に入れられた「人民の父」の肖像画が掛けられている。アカデミー会員の画家であり功労芸術家でもあるソコロフの作である。吹雪の中、老婆が群衆を押し分けて「至福なる者」の手に、農民らしい、人民らしい仕草で接吻をする。彼は老婆に微笑みかけながら父親然と肩に手を置いている。兵隊や労働者、子供らがこの光景を感嘆の眼差しで見つめている。肖像画の下の、同じ壁面に——黄麻《ジュート》ごしに二つの窓の朧《おぼろ》げな光が差し込んでいる——壁新聞とグラフが貼られている。チェリュストニコフは、陶然としてホップの香りに圧倒されながら、生産量のグラフを眺める、あたかも発熱時の自らの体温表を眺めるように。

再修復

I・V・ブラジンスキ、「革命参加者、農民の子、ボリシェヴィキ」、部局の主任技師は、帽子を取り、頭を掻き、手の中の紙を裏返して、おそらくもう三度も、無言で読んでいる。チェリュストニコフはその間に教会内部を見て回り、頭を上げて高いドームを眺め、足場の裏側を覗き、ボイラーやタンクの重さを頭の中で見積もって乾いた唇を震わせながら計算する。絵が描かれた高いドームが思い起こさせるのは、郷里にあった小さな木造の教会で、その昔、両親と奉神礼に行き、司祭がぼそぼそと話す声や、会衆の歌声を聞いた。遥か昔の現実とは思えない記憶は、新しい人生観を有する新しい人間からは失われていたものであった。この日、この後にソフィヤ大聖堂で起きた出来事については、チェリュストニコフ自身の証言がある。「イヴァン・ワシリエヴィチ、革命参加者、農民の子、ボリシェヴィキは、われらの貴重な時間を二時間も浪費して、無駄な抗弁を試みた。ビール生産量の月間ノルマの達成を教会の内観よりも重視し、人民委員《ナルコム》の指令書をしわくちゃに丸めて、私の顔に投げつけた。時間が容赦なく過ぎていくことを知りながらも、私は彼を諭し、教会で奉神礼を行えるように準備することが全体の利益につながるのだと説明した。ついに、あまりの頑固さにお手上げになって、彼を事務室に連れていき、二人きりになって、客の名前は告げずに、秘密を打ち明けた。それでも彼には十分ではなかったので、事務室から軍用電話で指令部の面々と何度か話させたがやはりだめだった。ついに最終手段を取らねばならなかった。彼を自分の銃で狙ったのだ。(……)百二十名の服役囚が近くの収容所から連れてこられ、私直々の監督の下で四時間足らずの間に教会を再修復した。乾燥機の一部を壁につけて黄麻《ジュート》の覆いとテントの布を足場に投げかけ、東側の壁面を本当に修復しているように偽装工作した。樽とタンクを外に運び出し、丸太の上を転がして（何の機械も使わず、人力だけで）発酵場の庭に運んだ……。四時十五分前には車に乗り込み、約束の時間きっかりに劇場のロビーに到着してみると、すでにアヴラム・ロマニッチが待っていた。」

髭と円帽子《カミラフカ》

引き続きチェリュストニコフの証言を引用しよう。「同志ピャスニコフは彼（つまりアヴラム・ロマニッチ）にすべて話しており、後に聞いたところでは、国家機密に関して一切口外しないという念書に署名させていた。効き目は十分だった。アヴラム・ロマニッチは私に髭をつける間ずっと手をぶるぶると震わせていた。菫色のベルトがついたマントと円帽子《カミラフカ》を劇場の衣装庫から借り、責任者への手紙に扇動班《アギトブリガーダ》のメンバーが各地の村や労働集団で反宗教的な演目を上演する予定でこうした品々が必要なのだと書いておいた。アヴラム・ロマニッチは、それから、何かを質問したりせずに、仕事に没頭した。手の震えもじきにおさまった。まったく、その仕事ぶりときたら文句のつけようもない！　私から本物の長司祭を創り出しただけでなく、自らの発案で、でっぷりとした腹までつけた。

「ご覧になったことがありますか」と彼は言った。「ご覧になったことがありますか、同志チェリュストニコフ、痩せた長司祭なんて？」私は同意した。後に彼に起きたことはさておき（その件についてここで触れるつもりはない）、アヴラム・ロマニッチは、私と同じくらい本事案全体に多大な貢献をなしたと確信している。貴重な助言をいくつかくれたが、私にいくばくかの舞台経験があるという点を措いても、大変意義深いものだった。「市民チェリュストニコフ」、彼はすっかり恐怖を忘れ、仕事に集中して言った。「一瞬たりとも忘れてはなりません。髭、とくにこういう髭は、頭で動かすのではなくて、上半身で、胸で動かします。ですから、いますぐに、この短時間で、頭と体を一緒に動かせるようになってください。」さらに、非常に有益ないくつかの助言を、奉神礼と詠唱について、与えてくれた。きっと、劇場で会得した技だろう。（あるいはシナゴーグでかもしれないが、知ったことではない。）「何を言ったらいいかわからなくなったときには、市民チェリュストニコフ、低音でぶつぶつ呟いてください。会衆に腹を立てているみたいに、できるだけぶつぶつ言ってください。それで、ぎょろりと目をむいて、神にお仕えする身でありながら神を呪うようなふりをしてください、一時で構いませんから。それと詠唱についてですが……」――「もう時間がない」と私は言った。「詠うのは後にしよう、アヴラム・ロマニッチ！」

木苺色のブーツ

チェリュストニコフは化粧部屋に一時間ほど滞在した。彼がした変身を思えば、比較的短時間と言える。A・T・カシャロフ、みなが単にアリョーシャと呼ぶ男、地区委員会の運転手は、チェリュストニコフを劇場まで乗せてきた運転手でもあるが、チェリュストニコフが車に乗る時に手に接吻をした。「予行演習みたいなものだった」とチェリュストニコフは記している。「そのおかげで、アヴラム・ロマニッチの監修も助言もえられなくなったときに感じた緊張から解放された。最初はアリョーシャが冗談でもしているのかと思ったが、すぐに人間の盲信には際限がないとわかった。もしも私が王冠を頭に戴いて現れたら、やつは、きっと雪にでも泥にでも頭をこすりつけるに違いない。さらに多くの時間と労力が必要だろう」とチェリュストニコフは、苦々しさと自負心をにじませながら、付け加える。「農民のロシアの魂から、暗い過去と長年の後進性の痕跡を消し去るには。」

（早急に述べておく。アレクセイ・チモフェイッチは長きに及ぶ捜査の間、最も厳しい拷問にも、自分が一杯食わされたとはけして認めなかった。取調室でチェリュストニコフと相対した時、本件から未だ一ト月と経っていなかったが、市民チェリュストニコフに冗談をしただけであると頑として言い張った。肉体を痛めつけられ、肋骨が折れているにもかかわらず、彼は、かなり敢然と自己弁護をした。長司祭が車に乗るなんて思うわけがありません、市民チェリュストニコフを劇場に連れていったのは私ですよ？　質問「あの日――一九三四年十一月二十一日――聖職者に変装した人物、すなわち同志チェリュストニコフに「市民チェリュストニコフはいかがしましょう、待ちますか?」と聞いたというのは確かか?」アリョーシャは否と答える。質問「聖職者に変装した人物、すなわち同志チェリュストニコフに「キエフじゃいまに聖職者よりトナカイに遭遇するほうが簡単になりますよ」と言ったのは確かか?」これにも否と答える。質問「聖職者に変装した人物、すなわち同志チェリュストニコフが声音を変えて「聖職者をなぜ必要となさる、息子よ」と聞いた時に、君、A・T・カシャロフが「罪深き魂の許しを祈るためです」と返答したというのは確かか?」被告はこれにも否と答える。

五時三十分、黒いリムジンが真っ暗な教会の入り口の脇に停まって長司祭＝チェリュスト一コフがマントの裾を持ち上げた時に目映い木苺色のブーツが煌めいた。「これでわかったか、**とんまめ**《ドゥラーク》」チェリュストニコフがアリョーシャに言うと、アリョーシャは茫然として、髭を見たり、ブーツを見たりした。「これでわかったか?」

香炉

「**奉神礼**は七時数分前に始まった」とチェリュストニコフは記し、さらに、儀式全体の詳細も我々に提供してくれる。(だが、不要かもしれないものの、色、音、香りという現代の退廃的な三位一体を、生の記録に付け加えるという或る種の創造上の必要性から、チェリュストニコフの文章には書かれていない内容を想像せずにはいられない。蠟燭の明滅と爆ぜる音、その銀の燭台はキエフ博物館の宝物庫から持ってこられた——とここで記録が再び我々の想像に入り込む。炎が照らし出す、聖職者の幽霊のような顔、半球状の後陣、モザイク画の「処女」＝「聖母」の長衣《キトン》の襞《ひだ》、三つの白い十字架が目立つ菫色の外衣。煤と金が煌めく、イコンの光輪と額縁、聖餐杯等の器、聖杯、冠、香炉。香炉が薄暗がりで振られる度に、鎖がチャリンチャリンと鳴り、香の匂い、針葉樹のエキスが、ホップと麦芽の酸っぱい匂いに混ざる。）「同志リルスキが飛びこんできて」とチェリュストニコフは続ける、「十字を描きはじめるや、私は香炉を手に取り、会衆の頭上に振りはじめた。私は新しい信徒が入ってきたのに気づかないふりをしたが、香炉の煙ごしでも、同志Ｍの禿げた額と市民エリオの短髪が、薄暗がりにはっきりと見分けられた。彼らはそっと、足音を立てないように、教会の中央までやってきて、立ち止まった。彼らが入ってきた時に感じた緊張は直ぐに消えて、香炉を振り続け、ぶつぶつ呟きながらそちらに近づいた。市民エリオは手を組み合わせていたが、祈るためではなく、股の高さで、片方の拳をもう片方で包みこんで、バスク帽をしっかり握っていた。彼らに香炉を振ってから、さらに数歩進み、そのあと振り返ると、市民エリオは天井を見てから、通訳の側に身を傾け、通訳は同志ピャスニコフに身を傾けている。それから、私はひざまずいて頭を下げ、黒いスカーフを被っているナスターシヤ・フェドチェヴナに香炉を振った。彼女は振り向かずに、励ましの視線をちらりと投げかけ、そのおかげで最後に残っていた一抹の緊張も霧散した。（彼女の表情には今朝の怯えた様子は影も形もなかった。）ナスターシヤ・フェドチェヴナの隣でひざまずき、祈りのために手を合わせ、同じく黒いスカーフを被っているのは、ジェリマ・チャフチャワゼ、古参の党員であり、同志ピャスニコフの妻である。彼らの十八歳の娘ハーヴァ、コムソモールカも同じようにしている。面識のない老婆が一人いて、なぜここにいるのかわからなかったが、それ以外は全員多かれ少なかれ見知った顔であった。同志アーリャ、今朝、同志ピャスニコフの部屋にお茶を運んでくれた。その横には、勤め先の編集部の同僚や地区委員会の秘書の面々がいた。女性陣には見知らぬ者もいたが、非常委員会《チェカー》*所属の同志の妻に違いない。認めよう、一人の例外もなく全員がきちんと熱心に自らの役を演じた。すでに言及した者に加えて、他の同志の名前もここに載せておく。先述のように、この出来事において彼らが果たした役割は、私自身の役割と同じくらい重要であったと考えるからである。（四十名の氏名が続く。所々に「妻同伴」と付記がある。）文化班の十二名とその警備員二名を合わせると、全部で、六十人ほどの**信徒**がいた。」氏名を列挙した後、チェリュストニコフは締め括る。「同志エリオの一行が教会にいたのは全部で五分ほどだったが、たっぷり十五分はいたように感じられた。」

サーカスの説明

奉神礼の身じろぎ一つない儀式が、まるでフレスコ画のように――それには、信徒らが夢中で祈りながら、時には地獄の母たる大地に視線をやり、時には、空に、天上の寝屋に視線をやる姿が描かれている――未だひとしきり続く中、エリオ一行はゆっくりと、足音を立てないように外へ出て、螺旋階段に沿って描かれた有名なフレスコ画を見に向かった。この日のために雇われた美術史家リディヤ・クルペニクは、非の打ち所のないフランス語で（同志エリオからも絶賛された）、神の聖堂に不敬な場面が存在する理由を説明した――好奇心旺盛な客人は、その謎に注目せずにはいられなかったのである。「螺旋階段は聖域自体からは十分遠くにありますし、そのことは同志エリオがご自身でご覧になったとおりですが、とはいえ、聖堂と一体化した部分ではありますし、その意味では、サーカスの場面が神の聖堂に存在することに聖職者は驚愕と憤慨を感じえたのではないか、と私たちには思われます。*Mais ce sont là des scrupules tout modernes*（ですがこれに呵責を感じるのはまったく現代的なことです）」とリディヤ・クルペニクは続けた、「*aussi étrangers aux Byzantins du onzième siècle qu'aux imagiers et aux huchiers de vos cathédrales gothiques.*（十一世紀のビザンツ人にも貴国のゴシック

＊　チェリュストニコフは常にこの語を使う。

建築の大聖堂の絵師や指物師にも無縁でした。）ガーゴイルや慈悲の支え《ミゼリコード》に下品で猥褻な場面が彫られていても、あなた方の祖先の信心は、微塵も損なわれなかったでしょう、それと同じように、世俗的な絵が教会に持ち込まれても、私たちの信心深い祖先の目には、何ら衝撃的ではなかったのです。すでに知られていることですが」とリディヤ・クルペニクは続け、同志エリオは頷きながらフレスコ画に見入っている、とりわけそこに描かれた農民の楽器に興味を惹かれたらしい。「すでに知られていることですが、コンスタンティノープルでは、聖像破壊主義者の支配時代に、キリストや聖人の姿が、悪魔《サタン》を思わせるような場面に置き換えられました。競馬とか、獣や人間を狩る血なまぐさい光景などに。」（同志エリオは頷き、まるで学校の生徒のように、両手でベレー帽を回す。）「こういう比較をするときに忘れてはならないのは」とリディヤ・クルペニクは、内心の憤りを隠すような、心地の良い声で続ける、「西側の文化遺産にも似たようなモティーフがあることです、たとえば、パレルモのパラティーナ礼拝堂の天井画にも、キエフの聖ソフィヤと同じ、不敬なモティーフが含まれています。戦う競技者たち、横笛や縦笛を吹く奴隷たち。そして頭に入れておかなければならないのは、キエフの聖ソフィヤは、*tout comme les chapelles de vos rois normands*（ノルマン人の王の礼拝堂のように）、宮廷の礼拝堂で、螺旋階段は王族の居室につながっています。その意味では、冒瀆的な主題はまったくふさわしい場所に描かれているのです、*n'est pas?*」

同志エリオは、足が冷えていたが*、無言でフレスコ画を眺め、物思いに耽る。

機械仕掛けのライオン

翌日、旅の印象が未だ鮮やかに残る中、キエフ＝リガ＝ケーニヒスベルク線の寝台列車の暖かな客車で、熱を出して毛布に包まりながら、エドゥアール・エリオは第一印象を記す。一つの事実（我々の物語に関連する事実のうちの一つ）が、彼の印象に傷を残した。それは、ソフィヤ大聖堂の前にいた物乞いの存在である。自分が受けた衝撃を彼はこんな風に形容している。「教会の前にいた物乞いは、多くが不具と年寄りだったが、なかにはかなり若い者や健康そうな者もおり、壮麗な聖ソフィヤから出てきたところで、私たちの周りに押し寄せてきた。間違いなく、ロシアの浮浪者《ボシャーク》と白痴《ユロージヴィ》の頑健な一族だろう、彼らは旧来のロシアの風変わりな動物相を構成しているのだ。」（この後、新しい、若い国家がなさねばならない課題についての指摘が続く。）

物乞いに関する情報は（それゆえに我々もその情報だけを記しておくと）、同じくチェリュストニコフにもある。「教会を出る時、われらは寄生虫の集団を逮捕した。どういうわけかそこに大挙して

＊　知られているように、エリオはこの旅行で病をえて、なかなか回復しなかった。『シャリヴァリ』の口汚い一人がこの件について、エリオが病気をしたのは「寒い教会と暖かい宮殿を訪れたから」に違いないと書いた。この示唆は当時辛辣なコメントを多数喚起した。

押し寄せていたのだが、おそらく、香の匂いに引き寄せられたのだろう。」

エリオは自分のメモ帳を捲って（そこから流れ出るのは、人物、風景、会話、すなわち一つの世界の総体であり、初めてロシアを旅した十二年前の世界とは似て非なるものである）、印象を取り纏め、本質的なものに凝縮しようとする。いかにも彼らしいプラグマティスムと精神で、自分が新しく気付いたことを（ひとまず）最も単純かつ効率のよい方法で纏めようと考えた。十二年前の自著の献辞を繰り返そう、自分の信念が今も変らぬ証として繰り返す、そうすれば、口さがない連中を黙らせられるだろう。一九二二年十一月当時に書いたまま、逐語的《イン・エクステンソ》に繰り返す。序言を兼ねた献辞の宛先は同じ人物、エリー・ジョゼフ・ボア、『プチ・パリジァン』の編集長にしよう。そうして、自分の判断が正しいかを確認しようと、革で装丁された自著を鞄から取り出す。二十部だけ作られたもの（*Il a été tiré de cet ouvrage 20 exemplaires sur Alfa réservés à Monsieur Edouard Herriot*（エドゥアール・エリオ氏のためにエスパルト紙で刷られた二十部のうちの一冊））のうち、手元に残っているのはこの一冊のみである。そして、献辞に目を走らせる（ここでは翻訳してお伝えするが、そのために真正さと独創的な様式が相当に損なわれている点に留意されたい。）

「親愛なる友に。私がロシアへ出立するとき、著名な毒舌家たちからは、侮辱を浴びせられただけでなく、ひどい災難に見舞われると予言までされました。最も善意あふれる人びとは、私に、中世にタタールのハーンを改宗させようとリヨンから出発した哀れな修道士の姿を見ていました。ですがそれは、モスクワの王子たちが来訪者を怖がらせるために、玉座の下に機械仕掛けのライオンを隠し、適切な時間に適切な場所で咆《ほ》えさせて会話の流れを断ち切っていた時代のことです。親愛なる友であるあなたは私の目的を理解し、私の中立性を信じてくれました。——私は帰路についていますが、この旅は笑みがこぼれるほど簡単なものでした。私はどこでも好意的に受け入れられました。機械仕掛けのライオンに咆哮《ほうこう》されることもなく、安心して自由に見て回ることができました。この旅行記はだれかの心に適うかどうかなど考えずに編集したものです。ご厚意に感謝して本書をあなたに捧げます。お納めください。あなたの忠実なるE・エリオ。」

自分の判断に満足して本を置き、**ロシア風景のメランコリー**と自ら名付けた景色を眺める。

（エリオの二度目のロシア旅行の成果には歴史的な意義があり、それゆえに我々の物語の関心からは外れる。）

祭《ポスト・フェストゥム》りの後

A・L・チェリュストニコフがモスクワで逮捕されたのは、一九三八年九月、キーロフ暗殺（に関与した容疑）から四年後そしてエリオの一件から四年足らずのことであった。映画館で上映中に、案内係がやってきて、急用でお探しですと耳元で囁いた。チェリュストニコフは立ち上がり、拳銃の付いたベルトを締めると、廊下に出た。「同志チェリュストニコフ」と見知らぬ者が声をかけた。「地区委員会の急用です。車を待たせてあります。」チェリュストニコフは内心で罵りながら、また、四年前にお膳立てした一大喜劇のような案件だと思ったであろう。お陰で前回は勲章と昇進が手に入った。彼は何も気付かずに車に乗り込んだ。車内で銃を取り上げられ、手錠を掛けられてルビャンカに連行された。三カ月にわたって打擲《ちょうちゃく》され拷問されたが、調書に署名をしようとはしなかった。そこには、ソ連政府の土台を揺るがせようとしたこと、キーロフに対する陰謀に参加したこと、スペインでトロツキスト側に参加したことが書かれていた。さらに十日間独房に入れられて考えるよう迫られた。調書に署名をするかそれとも妻も逮捕されて一歳の娘が孤児院送りになるか。チェリュストニコフはついに屈服して調書に署名をした。そこには先述の罪状だけでなく他にも罪が記されていたが、その一つは、アヴラム・ロマニッチ・シュラムを指導者とする陰謀グループに加担したというものであった。九年の刑となった。収容所で、内務人民委員部《エヌカーヴェーデー》の古い知人であり、かつてスペインで共に戦った男に遭遇した。チェリュストニコフは情報屋になった。名誉回復は一九五八年である。既婚、三人の子供。一九六三年、グループ旅行でボルドー、リヨン、パリを訪ねた。リヨンでは高名な市長の記念図書館を見て回り、来館者ノートに記した。「エドゥアール・エリオの仕事に敬服する。」署名「A・L・チェリュストニコフ。」

訳注

（1）北欧神話における昼の神。

（2）スラヴ神話における風の神。

めぐる魔術のカード

カルロ・シュタイネルに

タウベ医師、カルルル・ゲオルギエヴィチ・タウベが殺害されたのは、一九五六年十二月五日、公式な名誉回復から二週間足らず、ノリリスク収容所から戻って三年後のことであった。(タウベは、勾留期間を除いて、収容所で十七年過ごした。)この殺人事件は未解決であったが、一九六〇年六月、モスクワでコスティク・コルシュニゼなる人物が逮捕される。綽名《あだな》は「アーティスト」もしくは「鷲」、金庫破りのプロ、「熊使い」ナンバーワン、地下社会で強盗王と讃えられた人物である。モロゾフ警部は、コスティクを尋問し、その態度に驚いた。コスティクが震えていた！　その同じコスティクは以前の捜査では自らと自らの仕事について誇らしげに語り、その筋の**首領**《パハーン》らしい威厳を備えていた。窮地に陥ると、何処となく誇らしげに、容疑をかけられていない二、三年前の犯行(例えば、カザニエでの郵便強盗の一件）を自白しさえした。こうした自白をコルシュニゼから引き出しえたのは先ずもって、勇敢な夜盗の達人に弱点があったからであるが、その弱点は人間らしいとはいえ、彼の人生にそぐわぬように思われる。すなわちコスティクは打擲《ちょうちゃく》を苦手としたのである。取調官が声を張り上げたり、手を振ったりして脅すだけで、「アーティスト」のコスティク、「鷲」のコスティクは、人間雑巾になってしまう。雑巾を絞ったとて自白は引き出せない。モロゾフ警部は、職務で既に二度彼と関わっており（一度目は、収容所で情報屋として、もう一度は、その後直ぐに強盗犯として）、どのようにコルシュニゼと会話**すべきでない**かを知っていた（勿論、どうしても必要な場合を除く）。殴ったり怒鳴ったり（して彼の尊厳を傷つけたり、脳細胞を殺したり）しないと約束すれば、コスティクは、長々と微に入り細を穿って、プロらしく詳細に自らの仕事について洗いざらい話す。彼は生まれながらの俳優、インスピレーションの俳優であった。波乱万丈の人生の一時期にアマチュア劇団に所属しており、そこで粗野な語彙に一定の洗練を加えた。（綽名の一つ、**ダンテス**はその変容を証言している。コルシュニゼ自身は綽名をダンテとダンテス[1]に分解した。彼は自らの手で詩人としての自分の頭蓋骨に銃弾を撃ち込み、その有名な銃弾から劣らず有名な**熊使い**が生まれた。）自らの演技経験の幅を後に収容所で広げて、文化部員となって、監督、俳優、情報屋を務めた。ついでながら、コスティクは服役を自分の仕事になくてはならぬ一部と見做していたが、これはかつての革命家らが服役を「大学」と見做していたのと同様であった。彼の哲学はしたがってその生き様に相反さない。「二つの大きな**ロール**（これは彼の言葉である）の間には論理的な空白があり、わかる限りできる限り埋めなければならない。」心しておくべきは、コスティク・コルシュニゼの全盛期、三〇年代から五〇年代には、服役は彼のみならず、あらゆる類の悪党にとって、「自由」の延長に過ぎなかったことである。数百万の**政治犯**がいわゆる**社会的近接層**の気紛れや異常性に晒された。収容所ではいかに不埒《ふらち》であろうと、いかに現実離れしていようと、悪党の夢が叶えられた。コソ泥や大強盗の侵入先になるような別荘《ダーチャ》を所有していたかつての主人たちが、今や、その昔に楽園から追放された者どもの下僕、「副官」、奴隷となる一方、司法の女主人たる女性大臣や女性裁判官は、その昔に裁いた相手や、社会正義や階級意識に関してゴーゴリやマカレンコやその他の古典を用いて講釈を垂れた相手の、愛人や奴隷となった。一言で言って、悪人の黄金時代、とりわけ、新しいヒエラルキーにおいて首領《パハーン》の輝きに包まれた名前の者にとっての黄金時代であり、コスティク・コルシュニゼ、綽名は「アーティスト」もそうであった。

地下社会の王はまさしく地下社会では本物の王であった。彼のために元主人らが働くばかりか筋金入りの悪人の大軍がその意に従う。コルシュニゼは自らの望みを、言葉や目線で示せばよい、それだけで元非常委員会係官《チェキスト》チェリュストニコフの木苺色《きいちご》のブーツが新しい持ち主（コスティク）の足元で煌めき、あるいは、料理人、元客引き、殺人犯の親切と慈悲により食事をたんまり与えられた（元）地区委員会《ライコム》書記の妻、白い肌のナスターシヤ・フェドチェヴナ・Mがコスティクのもとに連れていかれる、というのも「アーティスト」の好みはふくよかな女で、「肌が白くて、むっちりしている、それが俺らのロシア女ってもんだ。」

長い自供の後もコスティクは未だ震えており（取調官は声を張り上げなかったばかりか、揶揄《からか》いつつ元気づけようと、彼を市民と呼びさえしたのに）、モロゾフ警部は、情報屋の垂れ込みゆえではなく、何とはない不思議な霊感に駆られて、コスティクの指紋を四年前にチュメニで起きた、カルル・ゲオルギエヴィチ・タウベ殺害事件の凶器「豚の足」に残された指紋と照合するよう専門家に依頼した。結果は当たりであった。かくして一見無意味な殺人事件の秘密のヴェールが、少なくとも部分的に、取り除かれた。

アルバムの写真

カルル・ゲオルギエヴィチ・タウベは、一八九九年に、ハンガリーのエステルゴムで生まれた。子供時代について知りうる情報は少ないが、二十世紀初頭の中欧の地方都市の灰色は、時間の闇から明瞭に浮かび上がる。灰色の平屋には各々の庭があり、緩慢に進む太陽が、目が潰れんばかりの光の四角形と、湿ってかび臭く闇のような影を、明瞭な境界線で分断する。ニセアカシアの並木は春になると、どろりとした咳止めシロップやのど飴のような、子供の病気の悲しい匂いを放つ。寒々としたバロック様式の華麗な薬局の店内でゴシック様式の白磁器が輝く。陰鬱な**ギムナージウム**と舗装された庭（塗装が剝がれた緑のベンチ、壊れて絞首台のようなブランコ、白塗りの木製トイレ）。市庁舎の壁に塗られているのはマリア・テレジアの黄色、夕暮れ時にグランド・ホテルの庭でジプシーの楽団が奏でるロマンスの枯れ葉と秋の薔薇の色。

カルル・タウベ、薬屋の息子は、大方の田舎の子供同様、幸福な日を夢見ていた、その日には、分厚い眼鏡のレンズを通して、去り行く鳥の視界から自分の町を最後に一目眺めるであろう、ギムナジウム時代のアルバムに挟まれた、乾燥して感覚を失った黄色い蝶を虫眼鏡で眺めるのと同様に、悲哀と嫌悪に満ちて。

一九二〇年の秋にはペシュト東駅でブダペシュト＝ウィーン線の急行列車の一等客車に座っていた。列車が動き出すや、若きカルロ・タウベは今一度父親に手を振り（父が絹のハンカチを手で振りながら黒い点のように遠くに消えていく）、それから革のトランクを持って三等客車に急ぎ、日雇い労働者の間に座った。

信条《クレド》

二つの由々しい障害がカルル・タウベの人生における波瀾万丈の時期を知るうえで立ちはだかる。それは、非合法活動と当時用いられた無数の偽名である。現在までに判明しているのは、移民の酒場を訪ねたこと、ノフスキに協力していたこと、ハンガリー移民だけでなく、寧ろそれ以上に、ドイツとロシアの移民と交友していたこと、カーロイ・ベアトゥスやキリル・バイツという名で左翼的な新聞に記事を書いていたことである。完全ではなく信憑性にも乏しいものの、この時期の彼の著述リストは論説や記事が百三十にのぼり、その中から文体の激しさ（階級憎悪の別称に過ぎない）ゆえに明らかに識別しうるものを幾つか挙げると、**「宗教的な中心地」**、**「赤い太陽あるいは諸原則について」**、**「ベーラ・クンの遺産」**、**「白色で血みどろのテロル」**、**「信条《クレド》」**。

タウベの伝記作家であり移民時代の知人でもあるトマシュ・ウングヴァーリ博士は、タウベについて次のように記す。「一九二一年に**同志バイツ**と面識を得たのは、雑誌『MA』のウィーン編集部で、当時の編集長は優柔不断なラヨシュ・カシャークだったが、彼すなわちバイツが謙虚で温和な人物であることに驚いた。彼が**「血みどろのテロル」**や**「信条《クレド》」**その他の文章の執筆者であるとは知っていたけれども、その峻烈な文体は、温和で物静かで、度の強い眼鏡をかけて、どこか恥ずかしげに困った様子の人物からはかけ離れていた。さらに驚いたのは――とウングヴァーリは続ける――政治よりも医学を話題にする方が多かったことである。一度、彼が勤務する診療所の実験室で、順番に並べられたガラス容器にさまざまな発達段階の胎児が入っているのを見せられた。各容器には殺害された革命家の名前のラベルが貼られていた。その際彼に聞いたところでは、胎児をノフスキに見せたら文字通り気分が悪くなったそうだ。その穏やかな青年、弱冠二十二歳にして成熟した大人のように振舞う青年は、まもなく、当初から目立たないように彼をマークしてきた警察とも、自分の仲間とも、衝突した。彼はわたしたちの活動には十分な効果がなく、わたしたちの記事は生ぬるいと思っていた。ウィーンで四年を過ごした後、革命の気運がなかなか高まらないことに失望して、ベルリンへ旅立った、そこには「最良の移民たちがヨーロッパの刑務所からこぞって集まる中核、中心」があるように思えたのだろう。その時から一九三四年まで彼の消息は杳《よう》として知れなかった。偽名で書かれたとある記事に、タウベの文章があるように思われるが、おそらく気のせいではあるまい、その文章は「まるで爆薬が埋め込まれているようだった」(ルカーチがかつてそう言ったことがある)。わたしの知るかぎり、逮捕されるまでエルンスト・テールマンの協力者をしていた。その後、一九三五年春に、わたしたちは彼の演説を読んだのだが、それはジュネーブの国際フォーラムで行われたもので、ダッハウの恐怖をすべて暴露し、今一度世界に危険を訴えるものだった。**亡霊がヨーロッパを徘徊している、ファシズムという亡霊が。**臆病者たちは新生ドイツの力に圧倒されて、日焼けした青年や力強い女兵士《アマゾン》が厳格なゲルマンの行進曲の音に合わせて行進するのを眺めていたが、タウベの予言の言葉を聞いて震え上がった。だがそれも一瞬にすぎなかった。タウベが著名なフランス人記者に挑発されて、上着を脱ぎ、当惑しつつも敢然と、シャツを捲って背中を出し、まだ治りきっていない酷い怪我を見せた、その瞬間だけだった。ナチスの公式プロパガンダが、タウベの発言を「共産主義者の挑発」と呼ぶや、彼らの疑念は霧消した。ヨーロッパ精神の要望に応える、新しい、力強い人材が必要であり、そのような人材に至るまで血と炎の中を行くのだ。そういうわけで先ほどの記者も、傷の生々しさに一瞬慄いたものの、自らの記事では疑問にも確たる事実にも一切触れなかった。彼は自分自身の気の弱さと血の気の乏しさ、「血について考えるだけでめそめそする」ラテン民族に辟易としていた。」

長い散策

リトアニア＝ソヴィエト間の国境を越えて、一九三五年の秋の或る雨の日に、カルル・タウベ医師が再びキリル・バイツとなったのは、自らに刻まれた精神的、肉体的苦痛を永遠に消し去りたいと願ったゆえであろう。モスクワに到着したのは（ウングヴァーリによれば）九月十五日、別の情報源ではもう少し遅い十月五日。二カ月の間タウベないしバイツはモスクワの通りを、凍てつくような雨が降ろうとも吹雪になって眼鏡の分厚いレンズが曇ろうとも、魅せられたように散策した。夜には、妻と腕を組んで、クレムリンの壁の周りを歩き、革命のスローガンが大きな赤い文字で夜のモスクワの街を照らし出すのに驚嘆する姿が見られた。「彼は何もかも見たい、見て触れたいと思っていました。それは、近視のせいばかりではなくて、すべては夢ではないと確認するためでした」とK・Šは述べている。リュクス・ホテルには、ヨーロッパ中のコミンテルンのエリートが逗留しており、彼にも部屋が割り当てられて、しばらく滞在し、ウィーン時代やベルリン時代のかつての同志と大して気乗りしない様子で交流した。二カ月間昼も夜も散策したおかげでモスクワの街をどの街よりも知悉するようになり、大通り、通り、公園、公共施設に記念碑、トローリーバスやトラムの路線の一切が頭に入っていた。店舗に掛かっている看板もスローガンも総て、既に頭に入っていた。伝記作家の一人はこう記している。「ロシア語を習得するにあたり、彼は横断幕やスローガンの言葉でもって、彼自身がもっともよく用いるのと同じあの言語＝行為でもって学んだ。」

ところが或る日、彼は、コミンテルンの無口な役人達を除けば自分にはいわゆるロシア人の知り合いはいないと気付き、動揺せずにはいられなかった。彼はこの思いもよらぬ発見に酷く打ちのめされた。散策から戻ってきた時にはすっかり凍えて高熱を出していた。

先述のK・Š――ノリリスクの収容所で約六週間タウベと共に過ごした――の証言によれば、その日はこんなことがあったという。トローリーバスに乗って、トヴェルスコイ大通りを通っていると、タウベの隣に男が座って話しかけてきた。ところが相手が外国人だと気付くと、男は急いで立ち上がり、もごもごと言い訳をしながら席を移った。そのやり方にタウベは衝撃を受けた、電気ショックのように、急に重大事を発見したかのように。次の停留所で下車をして明け方まで街を彷徨《さまよ》った。

一週間リュクス・ホテルの三階の自室に籠り、妻が茶や咳止めシロップを飲ませて看病した。病気から治った時には幾らか身体が弱々しくなり酷く老け込んでいたが、人事部門の責任者である同志チェルノモルジコフの部屋の扉をどんどんと叩いた。「同志チェルノモルジコフ」と彼は嗄《しわが》れ声を震わせて言った、「モスクワに湯治に来たわけではありません。私は働きたいのです。」――「もう少しだけ辛抱なさい。」チェルノモルジコフは曰くありげに言った。

幕間

タウベ医師の生涯において情報が最も乏しいのは、いかに奇妙に思えようと、モスクワに到着した時からその一年後に逮捕されるまでの期間である。幾つかの証言によれば、国際労働組合で一時期働き、それからベーラ・クンその人（既に失脚していた）の口利きで、記者として働き、それから翻訳者を経て、最後にはコミンテルンのハンガリー支部付きの校閲者をしていたという。一九三六年八月には、病気の妻に付き添ってカフカースに滞在したことも判明している。ウングヴァーリは結核であったとしているが、K・Šは「神経からくる」病の治療をしていたと述べている。もしこの情報を信じるなら（そして諸々の状況からも信じるに値すると思われる）、それはタウベ家がその時期を生きていくにあたり、秘められた、我々には知りえない心の葛藤があったことを示している。それが失望であったのか、それとも迫り来るカタストロフィの予感であったのかは、わからない。「思うに」とK・Šは言う、「バイツにとって、自分個人に起きたことが何であれ、それが広範な影響を及ぼすなどありえませんでした。わたしたち全員と同様に、彼はこう考えていました、それはただ彼個人に対する些細な誤解にすぎず、歴史の主要かつ重要な流れとは関係がない、したがってそれ自体は無視してもよいと」。

タウベに関する些細に見える出来事が、とはいえ我々の注意を惹く。九月末頃に、帽子を目深に被った青年が息を切らして、トヴェルスコイ大通りの何処かの角から飛び出し、タウベ（印刷所からの帰りであった）と妙なぶつかり方をしてその眼鏡を鋪道に落とした。青年は狼狽《うろた》えて謝罪をし、動転して慌てたのか、眼鏡のレンズを足で踏んで粉々にしてしまうと、あっという間に姿を消した。医師カルル・タウベ、別名キリル・バイツが逮捕されたのは、この事件からきっかり十四日後、一九三六年十一月十二日、午前二時三十五分のことであった。

鈍《なまく》らの斧

もし運命の道が予見しえないものではないとして、その複雑な構造においては結末は見えるのではなく予感するしかないが、こう言えるかもしれない、**恐ろしい最期**であっても、カルル・タウベは幸運の星の下に生まれたと（但し次の我々の命題を受け入れる場合に限る、**それでも**、一時的な生存の苦痛は最終的な虚無の無に優る）。タウベの中の革命家を殺したいと願う者達も、ダッハウあるいは遥かコルィマにあって、彼の中の医師、**呪術医**を殺したいとは思わなかった、もしくは殺せなかった。ここで話を広げるつもりはないが、関連して、この例から異端的で危険な思想を導き出しうるであろう。病気とその影、死は、暴君の目にはとりわけ、超自然的な現れの形態でしかなく、そして**呪術医**は特別な魔術師に見える。これは一つの世界観の論理的な帰結である。

判明しているのは、タウベ医師が一時期、一九三六年末に、ムルマンスクの収容所にいたこと、死刑判決を受けてから二十年の懲役に減刑されたこと、最初の数カ月は眼鏡の没収に抗議してハンガーストライキを試みたこと、以上である。一九四一年春には、彼の姿は再び収容所にあり、極北のニッケル採掘地にいる。その頃には既に病院用の白衣を着て、義人然とした振舞いで緩慢な死を宣告された多数の患者を回診している。彼は二つの手術で収容所内の有名人になった。一つ目はルビャンカの元拷問官であったクリチェンコ中尉（現在は受刑者）に行った虫垂炎の穿孔後の手術の成功、二つ目はセギドゥーリンと呼ばれる犯罪者の手術である。セギドゥーリンは鈍《なまく》らの斧で自分の指を四本切り落として、ニッケル採鉱場という地獄の艱難辛苦から解放されようとしたが、タウベはそのうち二本を救った。元強盗の反応は興味深かった。自己流の外科手術が失敗したと知ると、相応の報いを与えてやる、喉を掻き切ってやるとタウベを脅したのである。寝台を共有している別の犯罪者が、巷に流布していた、**社会的近接層**の名誉回復が近いという噂を伝えるや（その噂は本当になった）、彼は考えを変えて、厳粛に行った脅迫を（少なくとも一時的に）撤回した。どうやら、泥棒稼業を続けるうえで左手の二本の指はそれでも貴重だと気付いたらしかった。

賭け事に関する論考

凍てつく群島の地獄に関する証言がいよいよ増える中にあっても賭け事のメカニズムに関して記し

た資料は未だ少ない。ここで念頭に置いているのは生死をめぐる賭けではない。失われた大陸に関する全文献が、「大博打」の広義のメタファーそのものであり、そこでは勝つのは珍事、負けて当然である。とはいえ、現代思想の研究者には、二つのメカニズムの相互関係の研究は興味深いだろう。「大博打」の抽籤盤《ちゅうせん》が、神話上の邪悪な神が乗り移っているように回り続ける間にも、地獄の回転木馬の犠牲者は、プラトーン的であると同時に悪魔的でもある**模倣**《イミターティオ》の精神に運ばれて、賭けの偉大なルールを模倣していた。すなわち、「社会的近接層」という特権的な呼び名で煽《おだ》てられていた悪人集団は、果てしなく長い極地の夜を過ごすうちに、賭けられるものは総て賭けていた。金も、耳当てのついた帽子も、ブーツも、一人前のスープも、パン切れも、角砂糖も、凍った馬鈴薯も、入れ墨の入った皮膚の一部も（自分のも他人のも）、強姦も、短刀も、ロシア煙草《マホルカ》も、人生も。

新しいアトランティスにおける囚人同士のカード遊びや賭け事の歴史はしかしながら未だ書かれていない。それゆえに短く（タラシチェンコに依拠して）この物語にも関わる極悪非道な遊びのルールを紹介したとて無用ではなかろう。タラシチェンコは犯罪者が賭けをする方法を無数に挙げているが、それは、沈没した世界の多様な地域（特にコルィマ）で十年を過ごすうちに見聞したことであり、中でも最も風変わりではない遊びは虱《しらみ》の助けを借りるものであろう。温暖な地域で蠅を使う遊びによく似ている。参加者全員の前に角砂糖を置いて厳かな静寂の中で蠅がどれか一つに止まるのを待つ。そうして、事前の申し合わせに基き、勝者もしくは敗者を決めるというものである。虱は蠅と同じ役割を担うが、この場合の餌は参加者自身であり、小細工は一切なしに、参加者自身の体臭と「個人の運」だけで勝負する。但し、勿論、それは運がかかっている場合に限る。というのも亟が這い上がった人物には、勝者によって犠牲者と定められた者の喉を掻き切るという、一向に愉快ではない任務が待っているのが殆どであったから。劣らず興味深いのは、囚人同士の遊びとその図像の一覧である。四〇年代にはもう犯罪者が本物のトランプを手にしている光景は珍しくなかった（塀の外の人間から奪ったり買ったりした）が、それでも、タラシチェンコが言うには、最も人気があり広く普及していたのは手作りの（そして、勿論、マークも付けられている）カードであり、新聞紙を何層も貼り付けて作成されたものであった。ありとあらゆるカード遊びが行われた、ブラックジャック、ポーカー、ドミノのようなごく単純なものからタロットカードのような神秘的なものに至るまで。

悪魔《チョルティク》

「チョルティク」（悪魔）もしくは「母上《マートゥシュカ》」は一つの象徴化され暗号化された言語全体を意味し、マルセイユ版タロットに酷似している。とはいえ興味深いのは、経験豊富な犯罪者、長く刑期を務めている者が、このような手作りのカードを別種のコミュニケーションにも用いていた点である。よくあったのは、会話の代わりにカードを何か一枚持ち上げる、するとその後、命令に従ったかのように、ナイフが光り、血が流れる。或る殺人犯が内々に語ってくれた極秘の説明から判別しうるのは、カードに描かれた中世の図像学《イコノグラフィー》には、東方および古代ロシアの象徴的意味が混ざっていたという事実である。最も一般的なヴァリエーションでは、カードの枚数は二十六に減った。「私自身は一度も」とタラシチェンコは言う、「七十八枚全てが揃ったカードにお目に掛かることはなかったが、計算すれば（七十八を三と二で割る）、それは古典的なカードの組み合わせの簡略版であるのが明白である。思うに、この簡略化は平凡な技術的理由から行われた。その方が作りやすく、隠しやすかったのである。」色そのものに関しては（マークは頭文字だけのものもあった）、ピンク、青、赤、黄の四色に減じられた。図柄は大抵基本的な輪郭で描かれており、次の通りである。棒（命令、指令、頭。但し、割られた頭蓋骨の意も）。杯（母、ウオッカ、放蕩、同盟）。短刀（自由、男色、切り裂かれた喉）。金貨（殺人、拷問、独房）。他のシンボルやヴァージョンは、娼婦、女帝、皇帝、父、69、トロイカ、力、吊るされた男、無記名（死）、腸《はらわた》、悪魔（チョルティク、チョルト）、豚箱、星、月、太陽、審判、槍（または帆柱）。「悪魔《チョルティク》」もしくは「母上《マートゥシュカ》」は本質的には人間中心のゲームのヴァリエーションに過ぎず、古くはアジアと交流があった中世の神話的地域から我々の時代に伝わってきた。「悪魔《チョルト》」のカードを広げた輪は「運命の輪」を意味し、狂信的な者には運命の指を意味する。タラシチェンコは結論付ける。「ヨーロッパのタロットに存在する手相のシンボルと黄道十二宮とのつながりはここでも失われていなかった。囚人の胸、背中もしくは尻の入れ墨は、西洋人にとっての黄道十二宮と同じ意味をもっており、同じ原理で、「悪魔《チョルティク》」と関連づけることができる。」テルツは入れ墨と神話上のシンボルとの関係を同じく形而上学的な次元に要約している。「一つの入れ墨。正面にはプロメーテウスの胸をくちばしで引き裂く鷲、背面には異様な姿勢で女性と交わる犬。同じメダルの両面。表と裏。光と闇。悲劇と喜劇。自分自身の高邁さのパロディ。セックスと笑いの近接性。セックスと死の。」

マカレンコの浮浪児

青みがかった薄闇の中、煙がもくもくと立ち昇る監房の南京虫だらけの狭い**寝棚**に大貴族然《ボヤール》と横向きに寝そべって、四人の悪党がカードをしながら、黄ばんだぼろぼろの歯の間で汚い麦藁を転がしたり、涎《よだれ》で汚れた分厚い紙で巻いたロシア煙草《マホルカ》を吸ったりしている間、周囲には見物の人だかりができて、名高い殺人犯の顔や入れ墨の入った胸や大きな手に目を瞠っている（カードの札は見られない、カードは**首領**《パハーン》のものであり、見ることはできない。捨てられたものだけは見てもよいが、それ以外のカードを見たら高くつく）。だがここにいることが十分な恩恵であった、悪党のオリュンポスで、厳かな**沈黙**の中、他の運命を手に握る神の近くで、めぐりめぐる魔術のカードを見つめる見物人にはその運命が偶然のようにも宿命のようにも見えてくる。奉仕という恩恵もある、ストーブに火をくべたり、水を渡したり、タオルを盗んできたり、シャツから虱を取ったり、あるいは目配せをされて、**下界**にいる連中の一人に襲い掛かり、寝言や独り言、天への呪詛《じゅそ》を永遠に黙らせて中断できないゲームの流れを邪魔しないようにするのだが、ゲーム内では血と火の色でマークが付けられた名前のないアルカナの十三番だけが、どんな幻想も断ち切ったり燃やしたりできる。それゆえ、寝棚の上段で、入れ墨の神々、「鷲」、「蛇」、「龍」、「猿」の近くで、彼らの謎めいた呪文や、悪党にとって唯一神聖な存在である生みの母を犬や悪魔と一緒くたにして冒瀆する恐ろしい呪詛を怯えずに聞けるのは、十分な幸せであった。かくして、青みがかった薄闇から浮かび上がるのは、悪人ども、マカレンコの浮浪児——**社会的近接層**という神話的な呼び名で知られる彼らは、もう五十年かそこら、ヨーロッパの大都市の数々の劇場に、プロレタリア帽を不良らしく目深に被って、赤いカーネーションを口に咥《くわ》えた姿で登場する——の姿、ごろつき——バレエ『お嬢さんとならず者』で有名な回転《ピルエット》を披露して悪党から恋愛詩人《トゥルバドゥール》に変身したり手から大人しく水を飲む羊に変身したりしている——の姿である。

「猿」と「鷲」

左手の指の付け根でカードを挟みながら（おかげで名高い悪党はこの先も容易に識別されるであろう、警察の目録から人差し指と中指の指紋が神秘的に欠けている限り）、セギドゥーリンは、上半身裸で、毛のない胸に彫られた自慰行為をする猿の入れ墨を露わにしつつ、血走った眼で首領《パハーン》コルシュニゼを見ながら、復讐を企んでいる。一瞬、墓場の静寂が、上にいる悪人どもと、下にいる、遥かに危険な罪を犯した思想犯の間に広がった。見物人は息を止めた、呼吸をせず、目を動かさず、瞬きもせず、ただ、虚空を見つめ、身じろぎもせず、煙草の吸いさしを口元でシューシューと燻《くすぶ》らせ、それを吐き出すこともできず、頭も唇もピクリとも動かせず、虱が蠢《うごめ》く胸元を手で触ることもできない。下では、それまで死んだように疲れ果てた囚人達が囁《ささや》き合っていたが、突然沈黙が支配した。何かが起きている、悪党は黙っている時ほど危険だ、運命の輪が止まった、誰かの母親が泣くことになる。それだけが彼らにわかること、知りうることであり、沈黙と呪詛という身の毛のよだつ言葉を除けば、悪党の話は皆目見当がつかない暗号で、たとえ意味を知る語があっても何の助けにもならない。ギャングの隠語では意味が変化し、神が悪魔を意味して悪魔が神を意味することもある。セギドゥーリンは首領《パハーン》が手札を開くのを待っている。向こうの手番なのである。クルミンシュとガジャシュヴィリという名の、同じく地下社会の歴史に記憶される二人の参加者は、既にゲームから降りていて、今や心地のよい寒気に襲われながら、「猿」と「鷲」の一騎打ちを見守っている。（セギドゥーリンは以前に首領《パハーン》であったが、入院中に、その位置をコルシュニゼ、綽名は「アーティスト」、友人に「鷲」と呼ばれる男が占めたのである。）

　下段では不安が広がる。ギャングどものいる上段の静寂が余りに長い。みなが叫び声と呪詛を待つ。けれども新旧二人の首領《パハーン》の間で行われる一騎打ちは、ゲームのルールが何やら違うらしい。先ず小競り合いと挑発の言葉が聞こえる。「猿よ」と鷲が言う、「お前もようやく左手を隠しに突っ込むくらいはできるようになったろう。」数秒の間を置いて、その酷い侮辱に、先の首領《パハーン》であり悪名高い殺人犯セギドゥーリンが答える。「鷲よ、そいつのことは後で話そうや。さあ札を見せろ。」誰かが咳払いをした、間違いなく二人のどちらかである、二人以外にそんな無謀なことをできる者はいない。「左でか右でか、どっちでだ?」とコルシュニゼが尋ねる。「言っているだろ、鳥野郎、さっさと見せやがれ、嘴《くちばし》にくわえるんでもいいからよ。」一瞬板が軋《きし》む音が聞こえて、それから静寂。すると突然コルシュニゼが口汚く呪う、出来損ないの母親を、悪党の唯一の聖域を。みなが悟った、ギャングの言葉を理解しない者も。首領《パハーン》が負けた、誰かの母親が泣くことになる。

雌犬

注目を集めたカードゲームが終わり、タウベ医師に死刑が宣告されたこと、狡賢い「猿」が幸運をえて王たる「鷲」、首領《パハーン》コルシュニゼを破ったことを、誰がタウベに伝えたのかは、永遠にわからないままであろう。最も可能性が高い仮説は、ギャング＝情報屋が、当局の不興を買うか仲間の不興を買うかという悪夢のようなディレンマの中で、遂に、運命を賭して、錯覚や欺瞞であったとしても仮初めの雇い主らを保護する決心をし、事態を収容所当局に報告したというものである。タウベは、冷酷で知られる収容所所長のパノフなる人物から幾らか厚意を寄せられており、最初の移送で出立して、約三千キロメートル北東に位置するコルィマに向かった。手下を使ってタウベに知らせたのは他ならぬセギドゥーリン自身だという、タラシチェンコの仮説は大いに説得力があるように思われる。「猿」は「鷲」に恥をかかせたかったのだという、セギドゥーリンの行動に関する説明も同様に論理的に思われる。その日、運に恵まれなかった者には、厳粛な義務——勝ったセギドゥーリンのためにタウベを粛清する——が課せられたが、タウベが移送されれば、自らの神聖な誓いを果たせなくなり、さらに長い期間、**雌犬**という屈辱的な呼び名に甘んじねばならなくなる。**雌犬**であるとはすなわち、みなに蔑まれることを意味する。元首領《パハーン》には承服しがたいものであった。

コルシュニゼ、綽名は「アーティスト」もしくは「鷲」は、翌日にはもう身体を引き摺って病気の雌犬のように吠え始める。鉱山から戻ったところで（労働監督になって、囚人を鞭打っていた）、タウベが移送されたと聞かされたのであった。「お前が**引き受ける**と言った奴は他所に嫁いでいったぞ」とセギドゥーリンは新しい首領《パハーン》として忌々しげに言った。「嘘だ」とコルシュニゼは答えたが、死人のように真っ青で、その顔を見ればセギドゥーリンの言葉を信じたとわかった。

「豚の足」

コルシュニゼ、尾羽打ち枯らした鷲、名高い熊使いであった人物、元首領《パハーン》は、八年間、病気の**雌犬**のように背中を曲げて身体を引き摺り、自らの肝臓を突く鷲を隠して、収容所や収容所内の病院を転々とし、病院では腹から、鍵、ワイヤーの束、匙、錆びた釘が摘出された。八年の間、セギドゥーリンの影が、悪い運のように彼に付きまとい、移送の度に駅でメッセージを送ってきては、彼を本当の名で呼ぶのであった、**雌犬**と。そして或る日、既に自由の身となってから（屈辱の苛酷な重荷に組み敷かれて生きる人間を自由と呼べるのなら）、彼の秘密を知る人物から手紙を受け取った。手紙はモスクワからで、十日かけてマクラコフに届いた。封筒には、一九五六年十一月二十三日の消印が押されており、中には新聞の切り抜き（日付はない）が一枚入っていて、支離滅裂な文章が書かれていたが、コルシュニゼは必要な内容を読み解くことができた。タウベ医師、古参の党員、コミンテルンの元委員、キリル・バイツの名で知られる人物が名誉回復を果たし、収容所から出所して、チュメニの病院長になっている。（タラシチェンコは、新聞の切り抜きを送ったのもセギドゥーリンであると推測しているが、それもまた大いにありうる。「熊使い」は殺人者になるのかそれとも**雌犬**のままでいるのか。時間をかけて復讐を楽しんできた者にとって十分に満足のいく状況である。）コルシュニゼはもうその日のうちに出立した。アルハンゲリスクからチュメニまで必要な書類もなしに三日ばかりでどのように辿り着いたかは、今は大して重要ではない。チュメニの駅から病院までは徒歩であった。事情聴取の際に、守衛が覚えていたのは、殺人のあった晩に一人の男からタウベ医師について尋ねられたことであった。顔は思い出せなかった、見知らぬ男はキャスケット帽を目深に被っていたのである。タウベは、数日前にチュメニに到着したばかりで、その前にいたノリリスクで釈放後も二年間働いた。チュメニでは病院の構内に寝泊まりし、その夜は宿直であった。コルシュニゼが入って来た時、タウベは当直室のデスクに屈み込んで、ちょうどツナ缶を開けていた。室内にはラジオが静かに流れていてタウベはクッション付きの扉が開いたのに気付かなかった。コルシュニゼは袖から「豚の足」と呼ばれる強盗用具を取り出すと、タウベの顔を見ることなく、頭蓋骨に容赦なく三発お見舞いした。そうして、慌てもせずに、明らかに安堵して、元コサックの守衛の横を通りかかったが、その時、守衛はウオッカに酔ってかすかに体を揺らしつつも、背筋を伸ばして眠っており、まるで鞍に跨《またが》っているようであった。

葬送

タウベ医師の葬儀に参列したのは二名のみであった。家政婦をしていたフラウ・エルゼというヴォルガ川流域のドイツ人（人間の植物相《フローラ》において、絶滅危惧種の一つ）と、チュメニ在住の信心深い女性で、こちらはやや精神に問題があって、あらゆる葬式に参列していた。フラウ・エルゼが医師宅で家政婦をしていたのは、古いモスクワ時代、タウベがロシアに到着して間もない時期である。今では七十歳前後になっていた。母語はドイツ語であり、タウベも実は同じであったが、彼らはいつもロシア語でやり取りをしていた。それには二つの理由があったと推測される。一つはタウベ一家が新しい環境に早く馴染めるようにと願っていたため、もう一つは恐怖を露わにしないように必要以上に礼儀正しくしようとしたためであった。

医師の家族はもう誰も生存しておらず（妻は収容所で亡くなり息子は前線で戦死した）、フラウ・エルゼは再び自分の母語に戻っていた。乾いて青ざめた唇で、そっと、ドイツ語の祈りを呟《つぶや》いた。その間信心深い女性は鼻にかかった声で、ロシア語で、神の僕《しもべ》カルル・ゲオルギエヴィチの魂の安息を祈った。病院一同が注文した花輪に金文字でそう書かれていたのであった。

それは一九五六年十二月七日の凍てつくような昼下がり、チュメニの墓地でのことであった。

遠く、神秘的な道がグルジア人の殺人犯とタウベ医師を結びつけた。遠く、神秘的なること、主の示される道の如し。

訳注

（1）フランス人士官ジョルジュ・ダンテスはプーシキンと決闘をし、死に至らしめたことで知られる。

ボリス・ダヴィドヴィチのための墓

レオニード・シェイカの想い出に

歴史は彼をノフスキの名で残しているが、それは、勿論、偽名である（正確には、偽名の一つである）。だが直ぐに疑問が頭をよぎる、そもそも彼は歴史に**名を残した**のか？　『グラナート百科事典』と別巻に載せられた二百四十六名の革命の指導者、参加者の公的な伝記や自伝の中に彼の名はない。先述の『百科事典』の解説を書いたハウプトは、革命に関する重要人物は残らず記載されているとしつつ、「ポドヴォイスキの名前が漏れ落ちるとは愕然のことであり、合点がゆかぬ」とのみ異議を唱えている。ところが、彼でさえノフスキには微塵も触れていない。革命におけるその役割はあらゆる面で前者より遥かに重要であるのに。かくして、**愕然のことであり**、**合点がゆかぬ**ながらも、この男、政治的信念に厳格な道徳《モラル》を意義づけた、熱烈なインターナショナリストは、革命史に顔も声もない人物として刻まれることになった。

この小文では、断片的で不十分であるにせよ、ノフスキという、驚嘆すべき、矛盾に満ちた人物の想い出を蘇らせてみたい。彼の人生における最も重要な時期、すなわち、革命とその後の数年が欠落していることについては、先述の解説で他の伝記に関して述べられた理由をもって説明しうるであろう。「一九一七年以後の彼の人生は、公的生活にとけ込み、「歴史の一部」となった」。他方、ハウプトが言うように、これらの伝記は二〇年代末に書かれており、それゆえに相当な欠落、配慮、焦りがあることを忘れてはならない。死に際の焦り、と付言しておこう。

古代ギリシア人には素晴らしい習慣があった。焼死した者、噴火口に呑み込まれた者、溶岩に埋もれた者、野生動物に引き裂かれた者、鮫に食らわれた者、荒野で禿げ鷲に食い散らかされた者、そうした者のため、彼らは祖国にいわゆる**慰霊碑**、空《から》の墓を建てた。肉体は火、水、土に帰そうとも、魂は最初《アルファ》であり最後《オメガ》、聖なる墓所が必要なのである。

一八八五年の降誕祭の後、帝国第二騎兵連隊は、休息と神現祭の祝日のためドニエプル川西岸に立ち寄った。ヴャゼムスキ公は――階級は騎兵大佐！――凍った川からキリストの顕れとして銀の十字架を拾い上げた。分厚い氷は事前に兵隊らが仕掛けたダイナマイトで二十メートルほど割られていた。水は鋼色をしていた。若きヴャゼムスキ公は腰に命綱を巻くのを断った。十字を描き、晴れた冬空を碧眼で仰ぎ、それから水に飛び込んだ。氷の渦から出てくると祝砲で迎えられ、それから小学校の校舎に設けられた仮設の士官食堂で、シャンパンのコルクを飛ばして祝った。兵士にも祝い酒が配られた。一人当たり七百グラムのロシア産コニャックは、ヴャゼムスキ公が第二騎兵連隊に下賜したものである。午後遅くまで酒盛りは続いたが、祝宴が始まったのは村の教会で行われた奉神礼の直後であった。ダヴィド・アブラモヴィチだけは祈禱に参加しなかった。その間馬小屋の暖かい飼葉桶に横になってタルムードを読んでいたとされるが、文学的な連想が豊富すぎて、私には疑わしく思われる。兵士の一人が不在に気づいて捜索が始まった。彼を見つけたのは小屋（馬小屋と言う者もいる）で、傍らには手つかずのコニャック瓶があった。彼らは皇族から賜った飲み物を無理やり彼に飲ませ、軍服を汚さないように腰まで脱がせると、笞《クヌート》で叩き始めた。最後に、失神した男を馬に繋ぎ、ドニエプル川まで引き摺っていった。氷を割った場所には、既に薄く氷が張っていた。腰に手綱を巻いて沈まないようにし、氷水に押し込んだ。ようやく水から引き上げた時には、男は血の気が無く、半死の状態であったが、彼らは男の口にコニャックの残りを注ぎ込み、額に銀の十字架を押し当てて、「貴女に宿る御子」を合唱し始めた。夕刻、高熱を出した男は、馬小屋から村の「教師」ソロモン・メラムードの家に運び込まれた。不幸な兵卒の背中の傷に魚油を塗ったのはメラムードの十六歳の娘であった。朝方に所属部隊が反乱鎮圧に出立すると、未だ熱のあるダヴィド・アブラモヴィチも後を追って旅立ったが、その際必ず戻ると彼女に誓った。約束は守られた。このロマンチックな出会いについて真偽を疑う謂れはない。そこから生まれるのがボリス・ダヴィドヴィチ、歴史上はノフスキ、B・D・ノフスキの名で知られるようになる人物である。

保安部《オフラーナ》の捜査資料には、一八九一年、一八九三年、一八九六年と三つの生年が記録されている。それは革命家らが偽造書類を用いたせいばかりではない（幾ばくかの金銭を役場の書記官や司祭に渡せば、万事解決した）。寧ろそれは役人の腐敗の証拠である。

四歳から彼は既に読み書きができた。九歳の頃には、父は彼を連れてユダヤ人市場の傍の酒場サラトフに通い、隅のテーブルの、痰壺の横で、代言人の仕事をした。酒場には、燃えるような赤髭と落ち窪んだ目をした帝国兵のみならず、近隣で食料品店を営む改宗ユダヤ人も立ち寄ったが、ロシア風の名前は、脂で汚れた長衣《カフタン》を着たセム系の足取りに調和していなかった（三千年に及ぶ奴隷の境遇とポグロムの伝統が創出した足取りは、ゲットーで保存されてきた）。幼いボリス・ダヴィドヴィチは彼らの訴えを書き記した。既に父よりも読み書きに長けていたのである。夜には母が「詩篇」を読み、歌ってくれたという。十歳の頃に地所の管理人である老人が一八四六年の農民蜂起について話してくれた。笞《クヌート》、軍刀《サーベル》、絞首台が正義にも不正義にも与する難しい話であった。十三歳の頃、ソロヴィヨフの『アンチキリスト』の影響を受けて、家出をしたが、何処か遠方の駅から警察に連れ戻された。ここで急に説明のつかない欠落が生まれる。市場で空瓶一本二コペイカを売っていたはずが、密輸品の煙草、燐寸《マッチ》、檸檬を売っている。その頃彼の父はニヒリストの危険な影響を受けて一家を破滅の淵に立たせた。（そうなったのは結核のせいだと言う者もいるが、おそらく病を臓器的なニヒリズムの危険な症状として捉えているのであろう。）

十四歳からは**コシェル**対応の肉屋で見習いとして働く。一年半後に彼の姿はかつて訴えを書き記したあの酒場にあり、皿を洗ったり、サモワールの手入れをしたりしている。十六歳には、パヴログラードの弾薬庫で砲弾の仕分けをしている。十七歳には、リガで、港湾労働者となり、ストライキ中にレオニド・アンドレーエフとシェレル＝ミハイロフを読んでいる。同年に**テオドル・キベリ**梱包材工場で日当五コペイカで働く。

彼の経歴は情報が欠けているわけではない。混乱しているのは時系列である（偽名と目まぐるしい移動のせいでなお難しい）。一九一三年二月にはバクーで機関車の火夫助手をしている。同年九月にはイワノヴォ・ヴォズネセンスクの壁紙工場でストライキの指導者らの間にいる。十月、ペトログラードの路上デモの主催者らの間にいる。情報に欠落はない。馬に乗った警察が軍刀《サーベル》と黒革の鞭、地主貴族《ユンカー》版の笞《クヌート》でデモ参加者を蹴散らす。ボリス・ダヴィドヴィチは、当時無職者《ベズラボートヌィ》と呼ばれていたが、ドルゴルコフスカ通りの公営住宅の通用口から逃げ切る。数カ月にわたってホームレスらと改修中の公衆浴場で夜をしのぎ、それから爆弾による暗殺を計画するテロ組織との繋がりの確立に成功する。ノフスキが先述の公衆浴場の夜警の名前を使用しているのは一九一四年春のこと、足枷《あしかせ》を嵌《は》められ、ウラジーミル中央監獄に向かう困難な道中にある。病気で高熱を出し、護送囚人移動《エタップ》の間も朦朧《もうろう》としている。ナリムに到着して、擦り傷だらけの棒切れみたいな足首から鎖が外されると、岸に繋留された櫂《かい》のない釣り舟を見つけて逃げ出す。急流に舟を諦めたものの、直ぐに自然の原理は、人間の原理と同様に、夢や呪いでは制しえないと悟る。五露里《ヴェルスタ》ほど下流で打ち上げられているのが見つかった。凍てつく水の中に数時間いたわけだが、家族の逸話をなぞっていることに自分でも気付いていたであろう。川岸には未だ薄い氷が張っていた。六月、ヤコフ・モーゼルの名前で再度六年の刑に処されるが、罪状は秘密テロ集団を囚人間に組織したというものであった。三カ月にわたってトムスク刑務所で死にゆく者達の叫び声と別れの言葉を聞く。絞首台の陰で、アントニオ・ラブリオーラの唯物史観に関する著作を読む。

一九一二年春、ラスプーチンへの懸念がいよいよ囁《ささや》かれ始める頃、ペトログラードの上流サロンに、ゼムリャニコフという名の若い技師が現れる。最新の流行に合わせて仕立てた明るい色の背広を着て、濃い色の蘭を折り襟に飾り、洒落た帽子を被り、ステッキを持って、片眼鏡をかけていた。美しい佇《たたず》まい、がっしりとした肩幅、短く刈り込んだ髭、黒々とした髪のダンディーは、交友関係をひけらかし、ラスプーチンを笑い種《ぐさ》にし、レオニド・アンドレーエフとは昵懇《じっこん》の仲であると表明した。物語はこの後古典的な展開を見せる。ご夫人方は、当初は自惚《うぬぼ》れの強い青年を疑わしげに見ていたものの、やがて引きも切らず招待をし始め、その紛うことない魅力に気付き始めるが、そのきっかけはゼムリャニコフの話が少なくとも一部は正しいと証明されたことにあった。帝国高官の夫人マリヤ・グレゴロヴナ・ポプコが、或る日郊外で、ゼムリャニコフが黒塗りの四輪馬車に座って、計画書を覗き込みながら指示を出している姿を見かけたのである。ゼムリャニコフがペトログラード市の電線関連設備の工事を担当する主任技師であるというニュース（史料による裏付けもある）は彼の名声をさらに高めて招待状はいよいよ増えた。ゼムリャニコフは黒い四輪馬車で約束した晩餐会に現れ、シャンパンを飲んでウィーンの上流社会について共感を隠さず懐かしげに話し、それから、十時きっかりに、ほろ酔いのご夫人方を残して馬車に乗る。ゼムリャニコフには上流階級出身の内縁の妻がいる（子供もいるという説もある）という疑惑が生じるのは尤もであったし、決まって十時きっかりにいそいそと立ち去ることでわざわざ疑われようとしているようでもあったが、事実として証明されることはなかった。ともあれ大方からは放縦な振舞いと見做されており、特に顰蹙《ひんしゅく》をかった不品行はゲラシモフ家のサロンでオルガ・ミハイロヴナがアリアを歌っている間に退室したことであった。ゼムリャニコフは銀の懐中時計を眺めて、一同が衝撃を受ける中、演奏の終わりを待たずに、退出したのであった。

ゼムリャニコフがペトログラードの社交界から急に姿を消した時、驚く者はなかった。ゼムリャニコフが主任技師の仕事で屢々《しばしば》外国へ行くことを誰もが知っていたからである。職務は彼にとって楽なもので、その機会に衣装箪笥を流行の品で刷新し、然るべき土産物と、ロシア国外の社交界の新しい話を持ち帰ることができた。かくして、一九一三年秋、名だたるサロンの晩餐会を欠席した際、聞かれえたのは不満の声のみであり、来訪を電報で知らせていたので尚更であった。しかし今回の不在は暫く続き、ペトログラードのサロンにおけるゼムリャニコフの存在は季節限定の短い話、直ぐに忘れられる哀れな名声を享受した一人となっても不思議はなかった。（その穴を埋めたのは一人の見目麗しい士官候補生で、宮殿の、ラスプーチンの側近から最新ニュースを持参するばかりか、ゼムリャニコフと違って、何らの制約なく明け方近くまで社交界を賑わせるのであった。）それだけに驚愕は一層大きかった、あのマリヤ・グレゴロヴナ・ポプコが、女王のように馬車で街を回るのを楽しんでいた時に、ストルピンスカ通りで道路清掃中の、凍えて腹を空かせた囚人の間に、見覚えのある顔を見つけたというのである。彼女は近づいて手に施しを与えた。間違いない、それはゼムリャニコフであった。

かくして技師ゼムリャニコフの亡霊がサロンに舞い戻って一時はラスプーチンの名声を脅かすほどであった。幾つかの事実を立証するのは難しくなかった。ゼムリャニコフは頻繁な国外出張を全く不忠な目的に使った。前回のベルリンからの帰国に際して、黒革のトランクの中の、絹のシャツと高価な背広の下に、ドイツ製のブローニング銃を五十丁ほど隠しているのを国境警察が見つけた。だがマリヤ・グレゴロヴナが知りえなかった事実が二十年ほど経って（マクラコフ大使が盗んだ保安部《オフラーナ》の資料が見つかって）から明らかになり、世間はさらに驚愕した。ゼムリャニコフは、革命支持者らの手に数百万ルーブルが渡った、かの有名な郵便配達車「収奪」事件の首謀者であり実行犯の一人でもあった。押収されたブローニング銃の他に、三度にわたって爆弾や武器をロシアに持ち込んでいた。煙草の巻き紙に刷る地下印刷『東の夜明け』の発行者として、非常に扱いづらいゴム製の活字母型を、黒のトランクに入れて持ち歩いていた。過去五、六年の壮絶な暗殺事件の数々は彼の仕業であった。その暗殺は他のいずれとも異なっている。ゼムリャニコフの秘密の作業場で製造された爆弾には凄まじい破壊力があり、厳選された標的は血塗れの肉塊と粉々の骨になった。横柄な態度（間違いなく演技である）ゆえに配下の作業員らから嫌われた。本人の供述によると、巨大な破壊力を有する胡桃大の爆弾の製造を夢見ていた（その理想に危険なほど近づいた、と言われている）。フォン・ラウニッツ市長暗殺事件の後、警察は彼を死亡したと見做した。三名の証人が、アルコール漬けにされた頭部をゼムリャニコフのものと確認したからである（悪魔のアゼフ[1]が登場し、蒸留酒の中で既にやや収縮している頭部は、ゼムリャニコフの「アッシリア型の頭蓋骨」に一致しないと確定せねばならなかった）。脱走は監獄から二度、強制収容所から一度。一度目は仲間達と一緒に監房の壁を壊した。二度目は入浴時間に看守の服を着用して姿を消したので看守は裸で取り残された。前回の逮捕後は、ユダヤ人の荷馬車に乗り、旅商人に扮して、有名なヴルコミルスキ密輸ルート経由で国境を越えた。M・V・ゼムリャニコフという名の偽造旅券で暮らしていたが、本名はボリス・ダヴィドヴィチ・メラムードないしB・D・ノフスキという。

手元の情報源に明白な欠落があった後（それに余り資料攻めにしない方が、読者は安心して楽しめるであろう、空想の力によるおなじみの物語だと思い違いをしてくれるのは、作家にとって有難いことである）、彼の姿はマリノフスクの精神病院の、重篤で危険な病人達の間にあり、そこから、学生に扮して、自転車でバトゥムへ逃げる。著名な医師二名の署名があるものの、気が狂ったというのは間違いなく仮病であった。警察もそれは認識しており、この二名の医師を革命派支持者として名簿に残している。彼のその後の道程は多かれ少なかれ知られている。一九一三年九月の或る朝早く、ちょうど日の出に、ノフスキは乗船して大量の卵の間に隠れ、コンスタンティノープル経由で、パリに到着する。彼の地にて日中はゴブラン通りのロシア図書館やギメ美術館で、歴史哲学や宗教哲学を研究し、夕方にはモンパルナスのロトンドで、ビールのグラスを手に、「当時のパリで見つけうる最も優美な帽子を被っている」。（ブルース・ロッカートが、当時ノフスキの被っていた帽子を当て擦った背景には、とはいえ政治的な文脈がないではなかった。知られているように、ノフスキはフランスで有力なユダヤ帽子製造組合の役員をしていた。）宣戦布告後にモンパルナスから姿を消し、モンペリエ近郊の葡萄畑で収穫期に、熟した葡萄の籠を抱えているのを警察に見つかる。彼に手錠を掛けるのは今回は難しくなかった。ノフスキがベルリンに逃げたのかそれとも追放されたのかは、わかっていない。ともあれ判明しているのは、当時社会民主党系の『ノイエ・ツァイトゥング』と『ライプツィガー・フォルクスツァイトゥング』に寄稿していたことその際用いた筆名、B・N・ドルスキ、戦の備え《パラベラム》、ヴィクトール・トゥヴェルドフリェボフ、無産階級者《プロレタルスキ》、N・L・ダヴィドヴィチであり、書いたものの中には、マックス・シッペルの著作『砂糖生産史』に関する有名な批評もあった。「彼は」とオーストリアの社会主義者オスカー・ブルムは記す、「無道徳心、シニシズム、そして、思想、書物、音楽、人間に対して湧きあがる情熱が奇妙に混ざりあった人物であった。言うなれば、大学教授とギャングの間のような。しかし、彼が才気煥発《ブリオ》であることは疑いようがなかった。ボリシェヴィキ・ジャーナリズムの名手《ヴィルトゥオーツ》は、会話を導く術を心得ていて、論説同様に、**爆発**をこれでもかと詰め込んでいた。」（この言葉から、O・ブルムはノフスキの謎めいた人生に精通していたのではないかという大胆な考えが思い浮かぶ。偶然の隠喩でなければだが。）ベルリンでは、宣戦布告の時、国旗の下に召集された労働者らが幽霊のような面持ちをしている間も、キャバレーで濃い葉巻の煙に女性の悲鳴がこだまして大砲の餌食となる兵士らがビールとシュナップスで疑念と絶望を消し去ろうとしている間も、ノフスキだけはヨーロッパという精神病院でただ一人正気を失わずに明確な見通しを持っていた、とブルムは付け加える。

　或る晴れた秋の日、彼が昼食を取っているのは、アルプス山麓のダボスの有名なサナトリウムのサロンであり、そこには弱った神経と肺の治療に来ているのだが、ちょうどインターナショナルのメンバーの一人のレーヴィンという名の男が来訪しているところに、スイス人の医師グリンヴァルド、ユングの弟子であり友人でもあるその筋の権威が近づいてきた。先述のレーヴィンの証言によると、会話の内容は、天気について（晴れた十月）、音楽について（或る女性患者が最近開いた演奏会に関連して）、死について（女性患者は昨晩、自らの音楽の魂を解放した）。肉料理の後、白い手袋を付けた制服姿の給仕が花梨のコンポートを運んでくる間、グリンヴァルド医師は、話題に困り、鼻にかかった声で、束の間の沈黙を破ろうとして言う。「ペテルブルクで何やら革命だそうで。」（間）スプーンを持つレーヴィンの手が止まった。ノフスキは顔を引き攣《つ》らせ、それから葉巻に手を伸ばす。グリンヴァルド医師は気詰まりを覚える。関心のなさそうな声を出そうと必死になりながら、ノフスキは震えを抑えようとする。「何ですって？　どこでお聞きになりました？」グリンヴァルド医師は、申し訳なさそうに、朝方に町の電信会社のウィンドウに貼ってあるニュースを見たと答える。珈琲を待たず、真っ青になって、ノフスキとレーヴィンは大急ぎでサロンを出てタクシーで町へ向かう。レーヴィンは記す。「サロンの人のざわめきや、銀食器のチリンチリンという音が、鈴の音のように、ぼうっと聞こえた。そして、霧のように霞がかった先に、一つの世界が見えた、それはわれらのあとに残された世界、濁った水に沈むように永遠に過去に沈んでいく世界だった。」

複数の証言が指し示す結論は、ノフスキが、国民の熱狂と憤怒のうねりに呑み込まれて、**それでも**、休戦の知らせを一つの衝撃として受け止めたというものである。レーヴィンは精神的な危機について言及している。マイスネロワは共犯者の性急さでその期間を通り過ぎる。とはいえノフスキはそれでも大して抵抗せずに速射型モーゼル拳銃を手放し、悔悟のしるしとして、攻撃用の爆弾と射程七十メートルの火炎放射器の設計図を燃やし、インターナショナリストの列に加わったという。精力的に何処にでも顔を出し、ほどなくブレスト＝リトフスク講和条約の支持者に加わって、反戦を訴えるビラを配り、砲弾の箱の上で、銅像のように直立して、兵士に向かって熱心に呼びかけるようになる。ノフスキのいわゆる変わり身の早さの最大の理由は、一人の女性にあるとされる。革命史に記録された名は、ジナイーダ・ミハイロヴナ・マイスネル。レフ・ミクーリンは、不幸にも彼女の虜になり、彼女の姿を、大理石に刻むように、言葉で描いている。「自然は彼女にすべてを与えたもうた。

知性、才能、美貌を。」

一九一八年二月、彼の姿はトゥーラ、タンボフ、オリョールといった穀倉地帯、ヴォルガ川流域、ハリコフにあり、封鎖されていた穀物の船団がモスクワに向けて出発するよう取り仕切っている。コミッサールの黒革の服を着て、目映《まばゆ》いブーツを履き、階級章のない羊毛皮の帽子を被って、最後の一艘が霧の彼方に消えるまでモーゼル銃から手を離さず船団を見送る。翌年五月には迷彩服を着てデニーキン率いる白軍の背後を狙う狙撃兵をしている。前線の南西付近で凄まじい爆発音が何度も響き、不可解な突然の爆発の後には、屠殺場が残されていたが、ノフスキの仕業であることは、大作家の原稿がそれとわかるように、明白であった。九月末、赤旗を掲げた魚雷艇**スパルタク**に乗って、ノフスキは哨戒のためにレヴァル(2)に向かっている。不意に、船は二十五ミリ機関砲を備えた軽巡洋艦七艘からなるイギリスの小艦隊に遭遇する。魚雷艇は旋回して荒々しい操縦で、下りてくる夜の帳《とばり》に紛れて、ようようクロンシュタットに辿り着く。オリムスキ船長の証言を信じるならば、魚雷艇の船員が幸運にも難を逃れられたのは一人の女性、ジナイーダ・ミハイロヴナ・マイスネルの智謀によるものであり、ノフスキのおかげではない。手旗信号でイギリス艦隊の旗艦と交渉を行ったのは彼女であった。

当時ノフスキの手によって書かれた一通の手紙は、革命への情熱と肉体的な昂ぶりが深奥で神秘的に結びついて愛情をなしていることを示す、唯一の真正な証言として残っている。

「……大学に入ったと思ったら、あっという間に刑務所に入ることになりました。ちょうど十三回逮捕されています。十二歳で最初に逮捕されてから、人生の半分以上を懲役刑に服してきました。そのうえ、三度も追放の憂き目にあい、三年を過ごしました。束の間の「自由な」時間には、ロシアの寒村、町、人びとと出来事が、映画のように、ぼくの眼前を通り過ぎていきました。ぼくはいつも急いでいました。馬に乗り、船に乗り、馬車に乗って。同じ寝台でひと月以上寝たことはありません。長く、苦しい、冬の夜に、ロシアの悲惨な現実を知りました。ワシリエフスキ島の青白い灯りがかすかに瞬き、ロシアの田園地帯が月明かりに照らされて、偽りの美しさを見せる夜に。ぼくが情熱を傾けたのはただ一つ、痛ましくも魅力的で神秘的な、革命家たちの仕事でした……どうか、ジーナ、ぼくをあなたの心に住まわせてください。腎臓の石のように痛むでしょうけれど。」

結婚式は一九一九年十二月二十七日に、クロンシュタット港に停泊中の魚雷艇**スパルタク号**の船上で執り行われた。証言は少なく、しかも齟齬《そご》がある。或る証言では、ジナイーダ・ミハイロヴナは死人のように青白く、「死と美が結婚したような青白さ」（ミクーリン）であり、九死に一生を得た革命のミューズというよりは、銃殺が目前に迫った無政府主義者の面持ちであった。ミクーリンは、ジナイーダの髪に付けられた白い花冠だけが昔ながらの習慣を表していたと述べるが、オリムスキの回想によると、白いガーゼが**婚礼の花冠のように**マイスネルの怪我をした頭に巻かれていたという。同じオリムスキは、詩人気取りのミクーリン（こちらはノフスキ個人についてほぼ黙殺した）に比べて客観的に記憶しているものの、政治コミッサールの人物像については私的な場であっても型通りのことしか言わない。「美丈夫で、眼光鋭く、身なりは修道僧のよう、晴れの席にあって、その姿は、決闘で勝利を収めた若いドイツ人学生のようであり、銃撃戦から戻ったばかりの政治コミッサールには見えない。」その他の詳細に関して証言は凡そ一致している。船は（こうして）大急ぎで信号旗で飾られ、赤、緑、青、赤の電球で照らされた。婚礼と生還を同時に祝おうと、船員らが甲板に出てくるが、剃り立ての赤らんだ顔に完全装備の姿は、あたかも視察に臨むようである。然るに、作戦の経過と幸運な生還を知らせる参謀本部宛ての海底電信が赤軍艦隊の士官らの好奇心をそそり、青い外套を羽織り、中は夏用の白い制服でやってきた。魚雷艇は警笛と船員の歓声で迎えた。無線電信士が息を切らせて、艦橋に身を隠していた新郎新婦に渡したのは、暗号化されていない祝電、アストラハンからエンゼリまで、ソヴィエトのありとあらゆる港から送られてきたものだ。「新郎新婦万歳。赤軍艦隊万歳。**スパルタク**ノ勇敢ナ船員万歳《ウラー》！」クロンシュタット革命委員会が装甲車で運ばせたフランス産のシャンパン九箱は、前日に、無政府主義者から押収したものだという。クロンシュタット海軍音楽隊が、行進曲を奏でながら、移動式ブリッジを昇って甲板に上がる。零下三十度にもなる気温のせいで、楽器から出てくるのは奇妙な、ひび割れた、まるで氷から出ているような音である。モーターボートや巡視船が周囲を旋回し、信号で船員に挨拶を送る。抜き身の銃を手に、厳格な非常委員会係官《チェキスト》三名が三度甲板に上がり、安全上の理由から、祝宴の中止を求める。三度ともノフスキの名のもとに拳銃をホルスターに戻し、士官らの叫びに加わる。「キス！　キス！」シャンパンの空瓶が甲板の上を飛んでいき、あたかも二十五ミリ機関砲が発射されたように見える。夜が白み始め、太陽が冬の朝霧の中で遠方の大火のように見える頃、一人の酔った係官《チェキスト》が対空機関銃を掃射して、新しい一日の誕生を出迎える。海兵らが甲板の至る所で、死人のように寝ている傍らには、割れたガラス、空瓶、紙吹雪が散乱し、フランス産シャンパンの凍った水溜まりは、**血のような薔薇色**。

（読者には、レフ・ミクーリン、写象主義者《イマジスト》の徒のぎこちない抒情詩が判別できるものと信じる。）

この結婚は十八カ月後に解消され、ジナイーダ・ミハイロヴナは、ヨーロッパへ密航中に、ソ連政府外交官A・D・カラマーゾフの連れ合いになったことが知られている。ノフスキとの短い結婚生活に関しては、嫉妬による修羅場と情熱的な仲直りの繰り返しであったとの証言がある。但しノフスキが嫉妬の挙句ジナイーダ・ミハイロヴナを鞭で打ったという話は、嫉妬に駆られたもう一人の男――ミクーリンの想像の産物かもしれない。マイスネルの自伝『波また波』は個人的な想い出についてでは、まるで水で書いたかのように、素通りしている。鞭が登場するのは、歴史的な文脈においてのみであり、ロシア国民の顔面を無慈悲に打つ笞《クヌート》として言及される。

（ジナイーダ・ミハイロヴナ・マイスネルはマラリアによって一九二六年八月にペルシアで逝去した。未だ三十歳にもなっていなかった。）

既に述べたように、内戦とその後の数年間、ノフスキが何処で何をしていたか正確な年表を作ることはできない。判明していることを記すと、一九二〇年にトルキスタンの反抗的かつ専制的な首長《アミール》らと戦い、相手方の武器である残虐さと狡猾さでもって制圧した。一九二一年の蒸し暑い夏、血に群がるマラリア蚊と金蠅の大発生が年報に記録されているが、彼はタンボフ地方で匪賊の粛清に取り組んでおり、その折に軍刀《サーベル》かナイフで負傷をし、惨たらしい傷跡が英雄的行為の証として顔に残った。東方諸民族大会では代表者テーブルにつき、うわの空で、絶えず煙草を黄ばんだ歯の間に咥える姿が見られる。彼の演説は拍手で迎えられたが、出席した記者の一人は、その昔にボリシェヴィキのハムレットと呼ばれた人物の、熱意不足と虚ろな表情に気付いている。さらに判明しているのは、彼が一時期コーカサス・カスピ海軍事革命委員会政治局委員を務めたこと、赤軍砲兵部参謀の一員であったこと、その後アフガニスタンとエストニアで外交官をしていたことである。一九二四年末には代表団の一員としてロンドンに姿を現し、常に疑り深いイギリス人との交渉に携わっている。その際、自主的に、労働組合会議の代表者と連絡を取り、ハルで開催予定の次回大会に招待されている。

カザフスタンの通信連絡本部が判明している最後の任地で、退屈の余り、職場で再び設計図を書き始め、見積もりを作成しようとしていたという。胡桃大の強力爆弾が終生頭を離れなかったらしい。

B・D・ノフスキ、通信連絡人民委員は、カザフスタンで一九三〇年十二月二十三日午前二時に逮捕された。逮捕時に一騒動あったと西側では語られたが、それほど劇的ではなかった。ノフスキの妹の信頼しうる証言では、武器による抵抗も階段での揉み合いもなかった。ノフスキは電話で至急本部に来るように言われた。その声は、当直のブテンコ技師の声に違いなかった。家宅捜索は午前八時まで続き、書類、写真、原稿、図面、計画書、それにあらかたの蔵書も押収された。それはノフスキ粛清の第一歩であった。ノフスキの妹A・L・ルービナが提供している近年の情報によると、事態はその後次のように展開したらしい。

ノフスキが相対させられたのはラインホルトなる人物、I・S・ラインホルトであり、英国人に雇われて諜報活動をしたこと、英国人の命令で経済破壊活動を行ったことを自白していた。ノフスキは、こんな割れ声の虚ろな目をした不幸者には会ったことも見たこともないと主張し続けた。熟慮のために設けられた十五日間の猶予の後、ノフスキは再び取調官に呼び出されてサンドイッチと煙草を勧められた。ノフスキは固辞をして上層部へ一筆書き送るための紙とペンを求めた。翌日の夜明けに独房から出されてスーズダリへ移送された。凍てつくような一月の朝、ノフスキを載せた車は駅に到着したが、ホームは無人であった。側線に一両だけあった家畜車にノフスキは連行された。取調官のフェデューキンは、長身、あばた面、不撓不屈《ふとうふくつ》の人物で、この時は貨車内で五時間ほどノフスキと差し向かいになり（扉は外から施錠されていた）、虚偽の自白をすることの道徳的な責務を得心させようとした。談判は全くの不首尾に終わった。そうしてスーズダリ監獄の独房で昼のない長い夜が続く。湿っぽい石壁の独房は、**犬舎**《いぬごや》と呼ばれており、その主な建築的価値といえば、人間が内部で生きたまま壁の中に葬られ、地上の存在たる自分は、悠久たる石と永続性に比して、永久《とこしえ》の海に漂う塵芥のごとしと体感するのみであった。ノフスキは既に健康を害していた。長年の懲役刑が祟ったうえに、革命の情熱が血管と分泌腺から糧を得ていたせいで、肺も、腎臓も、関節も弱っていた。彼の身体は今や腫れ物で覆われており、ゴム警棒で打たれた箇所から有益な血液が無益な膿汁と一緒に飛び散って押し出された。だがノフスキは自分の生きた墓の石に触れて何らかの形而上学的な結論を導き出したらしい、それは間違いなく人間は永久《とこしえ》の海に漂う塵芥のごとしという思想が示すものと大差はないであろう。しかし彼はその認識に導かれて**犬舎**の建築家らには予見しえなかった或る結論に至る。無には無を。男は心のうちに自らの生存の無意味さを語る異端的で危険な思想を見出し、とはいえ一つの（最後の）ジレンマに再び直面する。高くついた貴重な認識ゆえに仮初めの生存を許容するか（いかなる道徳心にも縛られずかつ絶対的な自由がある）、あるいは、その同じ認識ゆえに、虚無に身を委ねるか。

ノフスキをへし折ることは、フェデューキンにとって名誉の問題であり、最難関の試練であった。取調官としてのこれまでの長い職歴において背骨を折ることで頑固者の心をへし折るのに成功してきたとすれば（なればこそ常に一番難しい案件も回ってきた）、ノフスキは彼の前に立ちはだかり、あたかも学問上の未解決事案か何か、これまでの経験則に照らして全く予測しえない型破りな未知の生命体のようであった。（勿論、フェデューキンの傾聴に値する思弁は、彼のまずまずの学歴からして、何ら机上のことではなく、従って目的論的な推察には全く結びつかなかった。彼は自分自身を学説の創始者のように感じていたであろうが、その学説は極めて単純に定式化された万人に理解しうるものであった。「石だって歯を折られたら話し出すだろう」)*

一月二十八日から二十九日にかけての夜に独房から連れ出された一人の男は未だノフスキという名前ではあったが、もはや人間の抜け殻、腐って傷んだ肉塊に過ぎなかった。ノフスキの生気のない眼差しに読み取りえたのは、魂と命の唯一の証としての覚悟、耐え忍んで、人生の最後の一頁を自分の意思で、遺書を書くようにしっかりと記すという覚悟であった。彼は自らの想いをこのようにまとめた。「こんな歳になってから、自分の人生を汚してたまるものか。」きっと気付いていたのであろう、この最後の試練は物心ついてから四十年以上もずっと自らの血と頭脳で書いてきた自伝の最後の数頁であるのみならず、まさに人生の総決算、総ての拠り所となる結論であって、それ以外は副次的に過ぎない(過ぎなかった)、最終的な式が副次的な運算に与える意味を考えれば一つ一つを計算したとて無意味であると。

二人の看守がノフスキを両側で抱えて、薄暗い階段を連行し、眩暈《めまい》がしそうなほど深く下って、監獄の地下三階に着いた。連れてこられた部屋は天井から吊るされた裸電球一つで照らされていた。看守らが腕を離し、ノフスキはよろめいた。背後で鉄の扉が閉まる音が聞こえたが、初めのうちは光が痛いほど意識に突き刺さって他に何も見えなかった。再び扉が開く音がして、同じ看守らが、今度はフェデュ—キンを先頭に、若い男を連れてきてノフスキから一メートルほどに立たせた。ノフスキは、何度も経験したでっちあげの対面をまたやるのかと思い、歯のない顎をぐっと食いしばり、涙ぐましい努力で腫れ上がった瞼《まぶた》を開いて青年を見た。生気のない目の死人のような男（ラインホルトのような）だろうと思っていたら、戦慄が走った、目の前には若くて生き生きとした両眼があり、恐怖が溢れんばかりで人間らしかった、**実に人間らしかった**。若者は上半身裸で、ノフスキは見知らぬ男を前に驚嘆し恐怖しながらも、その筋肉質な肉体には青痣《あおあざ》一つなく、傷一つなく、健康的な褐色の肌は未だ衰えていないことを見て取る。しかしノフスキを最も大驚失色させたのは、真意を読み取れない眼差しであり、未知のゲームに引き摺り込まれたことであった。**能う限り最善の方法で**総て終わったはずであった。彼に察知しえたであろうか、天才的で悪魔的なフェデューキンの直観が仕掛けようとしていることが？　フェデューキンは彼の背後に立っていた、見えないがその場にいた、黙ったま

＊　雑誌『労苦』にはフェデューキンの回想録の抜粋が『第二の前線』という題で掲載されている（一九六四年八月号、十一月号）。この自伝的な**エッセイ**はこれまでのところフェデューキンの「裏活動」のごく初期しか扱っておらず、生き生きとした興味深い実例が、余りに図式的な考察に置換されていることから、いずれ彼の回想録が出版されたとて、彼の才能の秘密は不明のままであろうと危惧するものである。フェデューキンには実践が総てであり、理論は皆無と思われる。彼は、深層心理の最深部の法則に則って自白を引き出したが、その法則の存在自体を知らなかった。つまり、人間の魂とその秘密を、そうと知らずに扱っていたのである。だがフェデューキンの回想で今注意を惹くのは、自然の描写である。厳しくも美しいシベリアの風景、凍ったツンドラに昇る太陽、大洪水をもたらす豪雨とタイガを分断する背信的な水、鋼色をした遠くの湖——確かに彼には文学的な才能があった。

ま、息を止めていた、ノフスキに自分で考えさせ、その考えに恐怖させ、そして恐怖から疑念が生み出されてそんなはずはないと囁く時、まさにその時に、彼の顔に真実を投げつけるつもりなのだ、後頭部に打ち込まれうる恵み深い銃弾よりも重い真実を。

恐怖から疑念が生み出されてノフスキに**そんなはずはない**と囁いた時、まさにその時にフェデューキンの声が響く。「ノフスキが自白をしなければ、お前を殺す！」青年は恐怖に顔を歪め、ノフスキの前で膝から崩れ落ちた。ノフスキは目を閉じたが、手錠のせいで耳を塞げず、青年の命乞いが否応なく聞こえて、突然、奇跡か何かのように、ノフスキの固い岩のような覚悟が打ち砕かれ、気力が削がれ始めた。青年はひび割れ声を震わせながら、**僕の命のために**自白をしてくださいと嘆願した。看守らが拳銃の撃鉄を起こす音がノフスキの耳にはっきりと聞こえた。固く瞑《つむ》った瞼の奥で敗北の予感と痛みを認知すると同時に憎悪が生まれる。考える時間も気付く時間も十分にあったはずなのだ、フェデューキンはこちらを見抜いていて自己中心的な世界で万能感を感じている最中に打ちのめす心積もりなのだと。もし彼（ノフスキ）が、生存と艱難の無意味さを説く恵み深くも危険な思想に至ったのなら、それもまた道徳的な選択であった、フェデューキンの天才的な直観はそうした立場が、逆に、道徳を無視しえない選択であると見抜いていた。拳銃は消音装置が付いていたに違いない。ノフスキには銃声らしい音は殆ど聞こえなかった。目を開けると、青年は血の海に横たわり、頭蓋骨を砕かれていた。

フェデューキンは無駄口を叩かない、ノフスキが自分を理解したとわかっている。看守らに連れ出せと合図をすると看守らはノフスキの腕を取った。熟慮のために二十四時間が与えられて厳重に監視された独房にいると、「石の骸布の下」*で再確認しうるのは、自らの道徳的態度であり、その悪魔的な囁きが耳元に聞こえてくる、お前の伝記は完成間近で、瑕《きず》のない珠玉だ、彫刻のように完璧だ、と。翌日、一月二十九日から三十日にかけての夜、同じ場面が繰り返される。看守に連行されてノフスキは眩暈がしそうな螺旋階段を監獄の地下深くに下りていく。ノフスキは恐怖しながらもこの繰り返しは偶然ではない、地獄の計画の一部だと察知する。毎日自分の命が別の人間の命で贖われる。完璧だった伝記は打ち毀されて自分の人生の業績（自分の**人生**）は最後の数頁で台無しになるだろう。

フェデューキンの監督ぶりは完璧であった。演出《ミザンセーヌ》は昨晩と同じ、看守も同じ、同じフェデューキン、同じ地下室、同じ照明、同じノフスキ。要素は揃っていた。手順を繰り返すことで、同一性と不可避性の意味が付与される、昼の後には必ず夜が来るように。違いは上半身裸で震えている青年のみである（独房で過ごした二日に違いがある程度にしか違わない）。フェデューキンは地下室に一瞬広

＊　レオ・ミクーリンの言葉であるが、この言葉が、一九三六年のある時点で、彼の名を不滅にした。比喩は一見したときに感じるほどいい加減なものではなかったのである。ミクーリンはスーズダリ監獄の独房で心臓発作により死亡した。（一部の情報筋は絞殺されたと主張している。）

がった静寂にノフスキにとって今日の経験が昨日よりも厳しいと察知しているらしい。今日、見知らぬ青年と見つめ合う中、彼の道徳心には一片の希望も残されておらず、彼の助けになりうる思考、外的な徴候は明白なのにそんなことは**ありえない**と思い込もうとする思考にも逃げ込めない。昨夜の実演は、手っ取り早く効果的に、そんな考えには意味がない、そのような思考は危険であると示していた。（そして、その考えは、明日、明後日、三日後、九日後と、いよいよ無意味に、いよいよ不可能になっていく。）

ノフスキは眼前に立つ青年に何処かで会ったような気がした。雀斑《そばかす》が点在する白い肌、不健康な顔色、黒髪は豊かでやや寄り目であった。おそらく眼鏡をかけていたのだろう、鼻の付け根に外したばかりの眼鏡のフレームの跡があるような気がした。この青年は二十年前の自分に実際よく似ているという考えは無分別に思われて退けようとしたものの、考えずにはいられなかった、その類似は（仮にそれが事実であり意図的であるならば）フェデューキンの取調べにとって或る種の危険を孕《はら》んでおり、何らかの方法でフェデューキンの采配の失敗と瑕疵《かし》として記されるかもしれないと。しかしフェデューキンの側でも察知していたに違いない、もしその類似が意図的であり慎重な選択の結果であるならば、類似性、同一性についての思考は、必ずやノフスキを本質的な差異への直面に導くだろうと。この類似はまさにノフスキに或る事実を突き付けずにはいられない、それは自分に似た者を自分が殺すという事実、すなわち一つの未来の伝記となりうる種、一貫した、玉に瑕のない、彼自身のような伝記となりうる種を宿す者が、まさにその始まりで道を塞がれ、他ならぬ彼自身の咎《とが》によって謂わば胚芽の時分に潰されるのだ。取調べへの協力を頑なに拒否することで自らの名のもとに行われる長きにわたる一連の犯罪の始まりに立つことになる（既に立っている！）。

ノフスキは背後でフェデューキンが息を殺して自分の思考を、決心を読み取ろうとしているのを感じると同時に、視界の外にいる看守らが横から拳銃を構えて、**彼の手になる**犯罪を実行しようとしているのも感じた。フェデューキンの声の響きは、穏やかで、脅すでもなく、一つの全く論理的な帰結を告げるようであった。「お前は死ぬぞ、イサイェヴィチ、ノフスキが自白をしなければな。」

ノフスキが何かを言ったり、何かを考えたり、不面目な降参の条件を考えたりする前に、青年が近眼で彼を間近に見つめ、それから彼に顔を寄せて囁いたのでノフスキは慄いた。

「ボリス・ダヴィドヴィチ、犬畜生なんかに負けないでください！」

その刹那に二発の銃声が、ほぼ同時に、辛うじて聞こえた、まるでシャンパンのコルクを抜くような音であった。彼は固く閉じた瞼を開けて、**自らの**犯罪が確かに実行されたかを確認せずにはいられなかった。看守らは再び至近距離から、後頭部を狙い、銃身を頭蓋骨に向けて発砲していた。青年の顔は判別しえなかった。

フェデューキンが一言も言わずに地下室を出て、看守らはノフスキを連行して石の床に押し倒した。ノフスキは悪夢のような時間を独房で鼠に囲まれて過ごす。

翌日の晩、三回目の看守交代の後、彼は取調官のもとへ連れていくよう求めた。

同じ夜に彼は石造りの独房から監獄病院に移送されて看守や病院職員に見守られながら譫妄《せんもう》状態で十日間を過ごす。病院職員にはこの哀れな廃人からその名に相応しい人物を作り出す任務が課せられていた。フェデューキンは経験から知っていたに違いない、ノフスキほど頑健ではない人間でも、あらゆる限界を超えた時、死の名誉の問題だけになった時、その時には想定外の力を得るものである。彼らは死に際にあって死から能う限りを引き出そうと固く心に決め、多くの場合は、既に肉体が消耗しきっているからであろう、英雄的な沈黙に至る。フェデューキンは実践を通じてさらなる事実も見出していた、肉体が再び機能し始め、血液が正常に循環して痛みが消失すると、回復期の患者やかつての死亡予備軍には肉体的な順応が生まれ、その結果、逆説的に見えるかもしれないが、意志が弱まり、英雄として自らを誇示する必要性がいよいよ乏しくなる。

ノフスキが英国に仕える諜報網に属していたという告発は、その間、特にラインホルトとの対面が失敗に終わってからはすっかり退けられていた。(英国の労働組合も大いに貢献したらしい、ヨーロッパの報道機関はノフスキの逮捕を巡って大騒ぎをし、公式報道でなされた当時の告発は何ら根拠のない愚かしいものであると反駁した。ベルリンでリチャーズなる人物と会い、ユダのように三十枚の金貨で買収されたという告発は、当のリチャーズに疑いようのないアリバイがあって覆された。リチャーズはその日ハルでの労働組合の大会に出席していた。)労働組合の生硬な介入によって捜査当局は難しい課題に直面させられる。自分達の主張が正しいと証明し、もっと広範な、国際的地平での評判を守らねばならない。かくして修正しうるものは修正せねばならなかった。

交渉は二月八日から二十一日まで続いた。ノフスキは取調べを引き延ばした。自白書は間違いなく自分の死後に残る唯一の文書となるはずであるから、何らかの明確な表現を入れて晩年の転落を緩和するのみならず、矛盾と誇張の複雑な絡み合いを通じて、未来の研究者が、自白の骨組み全体が拷問によって絞り出された嘘の上に成立していると気付けるようにしようとした。それゆえに彼は想定外の力で一言一句を戦う。フェデューキンの方でも、劣らず敢然と慎重に、最大限の要求を突き付ける。二人の男が夜々長々と重苦しい自白書の文章と格闘する、息を切らし疲労困憊《こんぱい》して、煙草の煙が立ち込める中で文書の一枚一枚を覗き込み、そして各々が自らの情熱、信念、俯瞰的な物事の見方の一部なりとも入れようと試みる。何となれば、間違いなく、フェデューキンも当のノフスキ同様にわかっている（それをノフスキに伝えもした）、これら総て、十頁にわたって隙間なく印字されている自白書の全文は、平凡極まりないフィクションであり、彼、フェデューキン自身が夜々長々と二本の指で、不器用にゆっくりと打ち込み（何もかも自分でするのを好んだ）、仮定に基づく論理的帰結を引き出そうとしたものであると。彼が興味をもっていたのは、したがっていわゆる事実でも、いわゆる登場人物でもなく、仮定と論理的機能であった。フェデューキンの道理の数々は最終的にノフスキのそれと同じ地点に至るのだが、ノフスキの場合は、理想的かつ理想化されたもう一つの計画から出発し、仮定は予め放棄されている。二人は、結局、利己的で狭量な目的を超えた道理から行動したのだと思う。ノフスキは自らの死、自らの転落において、自らの人格のみならず革命家全般の人格の尊厳を守るために戦ったが、フェデューキンはフィクションと仮定とを探究する中で革命の正義とその正義の遂行者の厳格さと一貫性を守ろうとした。ただ一人の人間、一つのちっぽけな有機体のいわゆる真実が損なわれる方が、高次の法則と利益が疑問視されるよりも良いと考えたのである。そしてたとえ取調べの過程でフェデューキンが頑固な犠牲者を狙ったとて、それはしたがって一部に信じられているような神経症の男やコカイン中毒者の気紛れではなく、彼自身の信念のための戦いであり、その信念は、犠牲者同様に、利他的であり、不可侵であり、神聖なものであった。彼の中に怒りと誠実なる憎悪を喚起するもの、それはまさしく被疑者の痛ましい利己心、自分の**潔白**なり自分のちっぽけな**真実**なりを証明したいという病的な欲求、固い頭蓋骨の経線に閉じ込められたいわゆる事実の輪を病的に回り続けることであって、彼らの盲目の真実は、より価値が高く、より優れた正義の体系に位置付けえない、そうした正義は犠牲を求めるものであり、人間の弱さを考慮せず考慮しうるものでもない。それゆえに、**義務のもとに**自白書に署名することは論理的であるのみならず道徳的でもあり、したがって尊敬に値するという一目瞭然の単純な事実を理解しえぬ者は押し並べてフェデューキンの仇敵となった。ノフスキの一件がフェデューキンにとって殊更に衝撃的であったのは、彼を革命家として高く評価しており、十年ほど前には、手本としていたからである。あの日スーズダリ駅の側線に置かれた家畜車の中で、フェデューキンは、ともあれ、ノフスキの人格を尊重し全面的に信頼して接したが、経験したのは失望であり、一人の革命家の神話が眼前で完全に崩れ落ちた。ノフスキは気付いていないが、彼の利己心（お世辞と称賛のせいで生まれたに違いない）は義務感よりも強い。

二月も終わりに近づいた或る日の早朝、ノフスキは疲労困憊しながらも満足して独房に戻り、持ち帰った自白書の改訂版を暗記しようとする。原稿は手直しされており、修正が血のように赤いインクで書き込まれていた。彼の認識では自白の内容は重大であり死刑は免れえないと思われた。ノフスキは笑みをこぼした、もしくは笑みをこぼしたような気がした。フェデューキンはこちらの密かな目的を果たしてくれた、名誉ある伝記の最終章を用意してくれた。未来の研究者は、愚かしい告発の冷たい灰の下に、一人の人生の悲哀と、(それでも)一点の曇りもない伝記に見合った結末とを見出すだろう。

起訴状はそうして最終的に二月二十七日に完成し、破壊活動グループの公判は三月中旬に予定された。五月初旬、期日が長らく延期された後、取調べの段取りに予定外の急な変更があった。原稿を暗記したノフスキは最終リハーサルのためにフェデューキンの執務室に連れて行かれた。フェデューキンは起訴状が変更されたと告げてタイプで印字された新しい起訴状の書面を渡した。二人の看守に挟まれて立ったまま、ノフスキは文書を読み、それから急に猛り叫ぶ、もしくは猛り叫んだ気がしただけかもしれない。彼は再び**犬舎**に引き摺られて、太った鼠の間に三日間放置される。ノフスキは独房の石壁で頭を割ろうとする。彼は固い繊維で作られた拘束衣を着せられて病室に運ばれた。モルヒネ注射のせいで譫妄状態となったものの、回復すると、ノフスキは取調官のもとへ連れて行くよう求める。

フェデューキンはその間に二つの取調べを並行して行い、パレシヤンなる人物から自白を引き出すことに成功し、パレシヤンは脅迫と約束のみで（そして、数杯の酒の助けも借りたらしい）供述調書に署名した。一九二五年五月にはもう最初の金をノフスキに手渡しました、ノヴォシビルスクのケーブル工場で一緒に働いていたときのことです。その金は、とパレシヤンは調書で主張した、ベルリンから三か月ごとに受領する金の一部で、ノフスキが自分とティテルハイムを通じて、外国企業、とりわけドイツと英国の企業に有利な取り決めを手配したことへの見返りでした。ティテルハイムは、頭の古い昔気質の技師で、白い山羊髭と鼻眼鏡をしており、なぜ自分の供述に他の人間を、それも見ず知らずの他人を巻き込まねばならないのか、どうしても納得できずにいたが、フェデューキンは既に説得の方法を見つけていた。長らく抵抗を続けた後、名誉ある死を遂げる覚悟でいた老人は、隣の部屋から聞こえる恐ろしい悲鳴の中に一人娘の声が混じっていることに気付いた。娘の命は助けるという約束で、フェデューキンが出したあらゆる条件に同意し、読みもせずに調書に署名した。（ティテルハイム一家に関する真実が明るみに出るには数年を要した。老人は中継監獄でギンズブルクという名の女性受刑者からほぼ偶然に知らされたのだが、自分が取調べを受けている時既に娘は監獄の地下室で殺害されていた。）

五月中旬にこの二人とノフスキは対面に至った。ノフスキはパレシヤンからウオッカの臭いがする気がした。パレシヤンは舌を縺《もつ》れさせながら、下手なロシア語で、自分達の長きにわたる協力関係について、現実離れした話をノフスキの顔面に吐きかける。ノフスキはパレシヤンの怒りに真摯さを見て取り、フェデューキンの自白を引き出す芸当がパレシヤンの場合には理想的な、然るべき取調べが常に目指す協力の水準に達していると気付く。パレシヤンは、間違いなくフェデューキンの創造力のおかげで仮定を、生き生きとした現実として、曖昧模糊とした事実よりも現実らしい現実として受け入れ、さらにその仮定を後悔と憎悪の念で彩っていた。ティテルハイムの方は、心ここに在らずで、何処か遠くの、死者の世界に眼差しを向け、署名した調書に書かれた内容を思い出せずにいるので、フェデューキンは彼に厳しく言い聞かせて善行のルールを思い出させねばならなかった。ティテルハイムはのろのろと金額を思い出し、数字、場所、日付を口にする。ノフスキは、最後の救いの糸が切れていくのを感じる。フェデューキンはありとあらゆる死の中で最も不名誉な死を自分に用意しているのだ。ユダのように、銀貨十枚で魂を売った悪党として死ぬのだろう。（とはいえ、これがノフスキの真摯な協力を得るためにフェデューキンが仕組んだ計画の一部に過ぎなかったのか、それとも不名誉な死を遂げたくないと頑張ったおかげで起訴状の再変更に至ったのかは、永遠に秘密のままであろう。）

その夜、対面の後、ノフスキは再び自殺を試みて伝説の一部なりとも守ろうとした。目を見開き、犬並みに耳がいい看守らは、しかし、瀕死者の独房から聞こえる安堵の息遣いに、何やら不審な音がすることに気付く。ノフスキは血管を切って病室に運ばれたが、そこでも執拗に包帯を毟《むし》り取ろうとし、人工栄養を与えなければならない。（そしてそれはノフスキの最終的な粛清に向かう次の段階である。）

余りの頑固さにフェデューキンは降参してノフスキを（以前の起訴状に基づいて）陰謀グループの指導者に任命した。ノフスキは、フェデューキンの指揮の下に結成された、未来の破壊工作員の中核メンバーと各々個別に対面し、虚ろな、生気のない、乱視の眼で眺めながら、怯え切った見知らぬ人々の中に「軍需産業にとって極めて重要な施設を爆破するという大胆な計画を立てた」仲間がいると認める。その際暗記していた台本から特定の詳細を付け加える。フェデューキンは、遂にノフスキが有用で有能な協力者になったと知り、起訴状に記された複雑な台本の矛盾や齟齬をノフスキが知性でもって正すのを見逃す。（その際ノフスキは帝政時代に各地の監獄で疑り深い検察官らとやりあった長年の経験を生かした。）

この平和な協力関係に影が差したのは一度きりで、五月末に、ノフスキがラビノヴィチなる人物と対面した時であった。I・I・ラビノヴィチはノフスキにとっては精神的な指導者に当たり、ノフスキがパヴログラードにいた若輩の時分に、技師として専門家として、ノフスキの才能を見出し、爆発物製造の秘訣を教えた人物である。ノフスキの研究は断続的ながらもそのせいで見劣りすることはなく、そこにイサーク・ラビノヴィチが果たした役割は一つ二つではなかった。助言と専門的な（技術に関する）文献を提供したばかりか一度ならず彼を助けようと仲介をしたり自らの評判を利用したり、若いノフスキのために検察官に高額な保釈金を払ったこともあった。（一九一〇年頃にペトログラードを震撼させた一連の爆発物の地獄のごとき性能は、尤もな疑念を老ラビノヴィチに抱かせて才能がありすぎる弟子を暫く遠ざける結果となった。）これまで受けた数々の恩義と深い敬意から、ノフスキは内戦時に師に恩返しをすることに成功した。執拗な非常委員会係官《チェキスト》の手から彼を救ったのである。ラビノヴィチは暗殺者となる可能性があると見做され、爆発物の秘訣を知りすぎていると強く疑われていたのであった。しかしノフスキとラビノヴィチの関係は先ずもって感情的な性質のものであった。すなわち、昔話に出て来る、理想化された父親、自分に似た若者に密かな夢を見出す男である。ノフスキは、起訴状のラビノヴィチに関連する箇所への署名を拒否した。（とはいえ、出身、人種、環境といった**プロフィール**に鑑みると、起訴状におけるラビノヴィチの存在は、捜査上の最重要人物であった。）そこでフェデューキンは最後の手段に頼った。デスクの抽斗から取り出したのはパレシヤンとティテルハイムの自白調書の束、それも新情報の追加のみならず、国家資金の大窃盗と呼ばれる事件の実行犯三名の自白書まで加わって一層充実していた。三名全員がインスピレーションの源としてノフスキの名を挙げてその人格を詳述しており、そこではノフスキの革命への気迫は金と富への不実な情熱へと貶められ、伝説的な禁欲主義は滑稽な仮面やペテンとして語られる。幾つかの証言はパリとペトログラードにいた若輩期に触れており、若い革命家の当世風の生活について評判の帽子と赤いベストは間違いなく保安部《オフラーナ》の潤沢な資金による金銭で賄われたとあからさまに仄めかしている。

　ノフスキは選択の余地がないと悟る。フェデューキンから見返りを得る代わりに、ラビノヴィチ教授が爆発物の製造に手を貸したという自白書に署名をする。榴散弾と起爆装置の種類のこと、火薬、ダイナマイト、灯油、トリニトロトルエンの破壊力のこと、時限爆弾の製法と製造場所及び特定の条件下における破壊力のこと、これらのことをノフスキは自ら調書に書き取らせる。見返りとして、フェデューキンは執務室にある大きな鉄ストーブに、ノフスキの眼の前で、窃盗団と投機集団に関する（今や不要になった）名誉棄損書類を投げ込んで燃やす。

二十名の破壊工作活動中核メンバーの裁判は、非公開で、四月中旬に行われた。スナセレフなる人物の証言によると、ノフスキは心ここに在らずの時もありはしたが、熱っぽく語っており、スナセレフはそれを高熱のためとする。「あれは、自分の知る限り、彼の最高の政治演説だった」と、悪意をにじませながら付け加えている（ノフスキは演説が下手だという根も葉もない噂をあからさまに仄めかしている。ノフスキと呼ばれる神話の崩壊に繋がる、最初の、早すぎる兆候）。この裁判を受けたもう一人の被告人（カウリン）はノフスキについてこう請け合っている。長期にわたる取調べで苛烈な拷問を受けたにもかかわらず、彼はその洞察力を些《いささ》かも失っておらず、「そのせいで、われら全員が葬られた」。――「以前は機敏で、生き生きと目を動かしていたが、いまでは足を引き摺り、頬はこけ、眼窩《がんか》は窪み、時折完全に放心しているように見えた。彼自身ではなく、幽霊のようであった。それはしかし、彼が口を開くまでである。口を開くと彼はまた人間ではなく悪魔になった。」しかしながら先ず知っておかねばならないのは、この裁判でのノフスキの役割について労働組合と移民新聞は予め凡そ決めており、この裁判には革命家とは縁もゆかりもない輩が囮《おとり》として隠れていると主張したことである。ノフスキはかくして自らの雄弁術の殺人的な力をその方向に向け、心底激怒しながら、メンシェビキと労働組合の見解を否定しようとした。彼らはノフスキの伝記とその結末を彼が最も恐れるものに導きかねず、この数カ月の生死を賭けた血みどろの戦いを無下にしかねなかったのである。

検事正V・N・クリチェンコは重大犯罪事案に長けており、主犯格の容疑者五名に対し極刑を求めたが、しかし、誰もが驚いたことに、カウリンの言によると、論告の最後で「泥の中でノフスキを引き摺り回し」はしなかった。（この裁判でのノフスキの役割への対価はこれだったのではないかという気がする。）ともあれ最後まで清廉であった（それは取調べに対する真摯な協力が示している）と、ノフスキの人格に一定の評価を与え、さらに彼を「老革命家」と呼びさえしてから、ノフスキは自らの思想と信条に常に狂信的であったが決定的な瞬間に反革命的で国際的なブルジョワの陰謀に加担したと述べた。クリチェンコはこの道徳的な逸脱に科学的な説明を与えようとして、首謀者がプチブルジョワ出身であること、西側での度重なる滞在が危険な影響を及ぼしたこと、西側ではくだらない文学が政治よりも関心を集めることを挙げた。老ラビノヴィチが死ぬ前にコルィマの病院で、壊血病のために臥せって目が殆ど見えない中、タウベ医師に語ったのは、ノフスキと裁判所の廊下で裁判後に交わした会話についてであった。「ボリス・ダヴィドヴィチよ」と彼は言った、「正気を失っておられるのではあるまいか。あなたの弁論のせいで、わしらはみな葬られそうになっておるのですぞ。」ノフスキは微笑みの影とでもいうような何とも言えない表情を浮かべた。「イサーク・イリイチ、ユダヤ人の葬式の風習をご存じあるべきです。シナゴーグから運び出して死者を墓地へ連れて行く瞬間に、イェホヴァの僕《しもべ》の一人が死者の上に被さって、名前を呼んで、大声で言うのです。**お前はもう**

死んでいるぞ！」それから少し間を置いて、付け加えた。「すばらしい習慣です！」

感謝のしるしとして、そしておそらく生きている人間として引き出せるだけを死から引き出したと確信して、ノフスキは最終意見陳述で自分の犯罪が十分に死刑に値し、それが唯一公正な判決である、検察の求刑は些かも行き過ぎではなく、命を長らえるために控訴をしたりはしないと自らの主張を繰り返した。不面目な絞首台の首縄を免れ、銃殺部隊の下で死ぬのは彼にとって幸運な結末であり価値ある最期に思えた。そうした道徳的な文脈を措いても、高次の正義は自分の頭に鉄と鉛が撃ち込まれることを求めている、と感じていたに違いない。

しかし彼は殺されなかった（死を選ぶのは生を選ぶよりも難しいらしい）。刑は変更になり、一年間**黒い**パンで過ごした後、再び苛酷な追放の旅路についた。一九三四年の初頭、彼の姿は帝国期に投獄されていた頃に最後に使っていたドルスキという名で、入植が始まったばかりのトゥルガイにある。（とはいえ、この改名に未来へのメッセージ、反抗や挑発のしるしを見出そうとすべきではない。ノフスキは先ずもって実際的な理由に導かれていたらしい。というのも彼の身分証が未だその名前だったのである。）同年、さらに人の少ないアクチュビンスクへの移住許可を当局から得て、胡散臭い入植者らと甜菜畑の仕事に従事する。十二月に妹が許可を得て訪ねてみるとノフスキは病気を患っており、腎臓の痛みを訴えた。その頃には既に鋼製の義歯を装着している。（タウベ医師は、取調べの際に歯を折られたのだろうとの見解を示しているが、何とも言えない。）モスクワへの移住許可を当局に掛け合ってみるという妹の提案をノフスキは断る。世界を直視したくないからと。「兄は死がやってくるのは深夜だと思っていました」と彼女は記す、「逮捕されたのがそうだったからです。その時間帯には身を強張らせ、ガラス玉のような目で、とはいえ鍵をしていない扉を見つめていました。三時を過ぎると、ギターを手に取り、静かに、何やら皆目見当がつかない歌を歌っていました。幻聴があって、廊下で話し声や歩く音が聞こえるようでした。」（当時モスクワではこんなアネクドートが語り直されていた。「僕らのノフスキは何をしているだろう？――お茶にスグリのジャムを入れて飲みながらギターでインターナショナルを弾いているよ。――弱音器付きだけどね」と何処かの悪い奴が付け足す。）

一九三七年の厳冬の間にノフスキは再び逮捕され、何処かに連行されたことがわかっている。翌年彼の足跡は遠く離れたインスルマにある。彼の手で最後に書かれた手紙に押されている消印はケミ、ソロヴェツキ諸島の近くの町であった。

ノフスキに関する話の続きと結末は、カルル・フリードリホヴィチによる（ドルスキではなく、ポドルスキと名前を誤っている）。舞台は、遥かなる凍てつく北、ノリリスク。ノフスキが収容所から忽然と姿を消したのは、おそらく烈しい嵐の夜、塔の見張りも、銃も、ジャーマンシェパードも一様に手も足も出ない時であった。大吹雪《ブルガ》が落ち着くのを待ち、血に飢えた犬どもの本能を頼りに、逃亡者の捜索が始まる。囚人らは自分のバラックで、**外へ出ろ！**の号令を三日間待ち続けた。三日の間、ジャーマンシェパードどもは猛り狂い、涎を垂らしながら鉄の首輪を引っ張って、疲れ切った勢子を深い雪の吹き溜まりに引き摺り込む。四日目に看守の一人が鋳物工場の近くで彼を見つける。髭が伸び、幽霊のような姿で、液体スラグが沈殿する大きな溶鉱炉で暖を取っている。取り囲んで、ジャーマンシェパードを放つ。犬の遠吠えに誘われて、現場に飛んでいく。逃亡者は、炎に照らされて、溶鉱炉の上の足場に立っていた。熱心な看守が足場を登り始める。看守が近づくと、逃亡者は沸騰したたっぷりの液体に飛び込み、看守らの目の前で消え、一筋の煙となって立ち昇った。命令に耳を貸さずに、抵抗し続け、ジャーマンシェパードからも、寒さからも、暑さからも、刑罰からも、悔恨からも自由になって。

この勇敢な人物は一九三七年十一月二十一日午後四時にこの世を去った。後に残されたのは何本かの煙草と歯ブラシであった。

一九五六年六月末、ロンドンの『タイムズ』紙は、古き良き英国の伝統として未だに幽霊を信じているらしく、ノフスキがモスクワのクレムリンの壁付近で目撃されたと報じた。目撃者らは鋼製の義歯で彼とわかったという。陰謀やセンセーションが好きな西側のブルジョワ報道機関は、このニュースをこぞって報じた。

訳注

（1）エヴノ・アゼフ（一八六九―一九一八）ロシア保安部のスパイ。
（2）現在のエストニアの首都タリン。

犬と書物

フィリプ・ダヴィドに

主の年一三三〇年、十二の月、二十三の日に、キリストにありて尊き父ジャック閣下、神の恵みによりてパミエの司教たる人の、怠らざる耳に入りしこと。バルーフ・ダヴィド・ノイマン、元ユダヤ人、ドイツからの避難民は、ユダヤ教の盲信と裏切りを捨て、キリストの信仰に入ることを望んだ。トゥールーズの町にて、信仰篤き羊飼い十字軍《パストゥロー》による改宗迫害の折に、秘蹟たる洗礼を受けた。そしてその後、「自らの吐瀉物を再び食らう犬がごとく」、前記バルーフ・ダヴィド・ノイマンが、パミエの町にてユダヤの民と交わりユダヤの教えのもとに暮らしつづけるのを良いことに、ユダヤの忌わしき宗派と習慣に戻ると、前記司教閣下は彼を逮捕して牢に留め置くよう命じた。

ついに御前に連れだす命が下り、左翼に拷問室を備えた司教座の「大広間」に姿を現した。ジャック司教閣下が前記バルーフをその部屋を経由して連れてくるよう命じたのは、慈悲深くも人間の魂の救済に用いよと、神がその聖なる信仰に仕える者の手に置いた道具類を、彼に思い起こさせんとしたためである。

ジャック閣下はカルカッソンヌの異端審問官の代理である修道士ガイヤール・ド・ポミエスを補佐に任じ、立ち合いにはパミエの宗教裁判所判事ベルナール・フェシエ師のみならずユダヤ人ダヴィド・トロワ師も招いたが、それは、旧約聖書、ユダヤ法、悪魔の書に通ずると名高きバルーフが、教義と律法に挑んだ際に司教閣下に通訳するためであった*。

ジャック閣下が前述の総てを問うたのは、ユダヤ人がモーセの律法に基づき、第一に自らについて、さらに他人について、生者についても死者についても、証人として呼ばれたときには、真実のみ語ると誓言を立てた後のことである。

誓言の後にバルーフが語り、自白をしたのは、次のことである。

「この年（先週木曜日でそのときからちょうどひと月になります）、敬虔《けいけん》なパストゥローがグルナードを訪れました。長い刃物、槍、棍棒で武装し、山羊皮の十字架を服に縫いつけ、反乱軍の旗を掲げて、ユダヤ人を皆殺しにすると脅しました。ユダヤ人の青年サロモン・ヴィダスはそのとき、自らの書記であるユダヤ人エリザルとともに、グルナードの村役人をみつけ、あとで聞いたところでは、敬虔なパストゥローから守ってほしいと頼みました。この人はそうすると答えました。ですが彼らの数がどんどん増えてキリスト教徒や名士の家まで家探しをするようになると、この人はサロモンにもう守りきれないと伝え、ガロンヌ川で舟に乗ってヴェルダンに向かい友人が所有するもっと大きくて安全な城に身を寄せるよう助言しました。そこでサロモンは舟に乗ってヴェルダンへと川を下りはじめ

＊「悪魔の書」という有名な言い回しは、同様に有名なタルムードの暗喩の一つに過ぎない。西暦一三二〇年、教皇ヨハネス二十二世は、異端的な書物を全冊押収し、焚書にするよう命じた。知られているように、当時のキリスト教群島全土では税関の兵士が、ユダヤ人の陸商《キャラバン》の検査に際して、密輸品、絹、革、香辛料を漁ったものの、書物のことは気に留めなかった（個人的な動機がなければ）。一方、セント・バーナード《聖ベルナール》犬は、「悪魔の手稿」に対して鋭敏な嗅覚を有しており、髭を生やした商人の脂っぽい長衣《カフタン》の匂いを嗅ぎ、怯える妻のスカートに鼻を突っ込んでいたが、狂犬病が蔓延して、キリスト教徒の商人に噛みついたり、罪のない巡礼者や聖職者のマントに鼻を突っ込んだり、カタルーニャ出身の修道女が干物や俗に「悪魔の糞《クロット・デュ・ディヤーブル》」と呼ばれるカマンベールチーズを持ち込む時に匂いを嗅いだりするようになって取り止めになった。とはいえそのせいでタルムード狩りが止んだわけではない。「鋼鉄の男」の綽名で知られるベルナール・ギーは、一三三六年の一年間だけで、荷馬車二台分の罪深い書物を押収し、焚書にした。その前後の数字については、残念ながら、不明のままである。件のジャン・ギー――「鋼鉄の男」*en Fer*（敵対する者の中には、間違いなく音の連想から、そして嫉妬心から、話す時だけでなく、書く時にも、*Enfer*《アンフェール》「地獄」を使う者もいた）は、度を越した熱意を見せ、タルムードだけでなく、教皇の公式目録に載っていない書物や人々も火炙りにするようになり、一時期、彼を酷く怖れ、教皇と神の命に従って行動する聖職者からの圧迫に晒された。知られているように、「鋼鉄の男」ジャン・ギーは、この血みどろの戦いに勝利し、敵対者の大半が火炙りとなった。死ぬ時には、半ば狂っており、修道院の僧房で、書物と犬に囲まれていたという。（**翻訳者の註。**）

ました。岸から彼をみつけたパストゥローは、自分たちも舟と櫂をみつけて、彼を水から引き上げて縛ってグルナードに連れて行き、彼に言いました。今すぐ洗礼を受けるか、殺されるか。村役人は、岸から一部始終を見ていて、額に手をあてて、彼らに近づいて言いました。サロモンを殺すのは、私の頭をはねるも同然である。彼らはそのとき彼に言いました。ならば、お前の望みをかなえてやろう。すべてを聞いて、サロモンは言いました、私のせいであなたが危害を受けるのは私の望むところではありません。そしてパストゥローに尋ねました。私に何をしてほしいと言うのか。彼らは彼にくり返しました。洗礼を受けるか、殺されるか。前記サロモンは殺されるよりは洗礼を受けるほうがいいと言いました。彼らはすぐにガロンヌの濁った水で、彼とその書記エリザルに洗礼を施しました。彼らのなかに若い司祭がいてすべての段取りがはっきりとわかっていたのでしょう。それから二人の敬虔な女性が彼らの服に山羊皮の十字架を縫いつけて彼らを放免しました。

翌日にサロモンとエリザルが私に会いにトゥールーズに来て、自分たちの身に起きたことをすべて語り、洗礼を受けたものの、自分たちの意思ではなく、自分の信仰のもとに戻れるなら戻りたいと言いました。さらにこうも言いました。もしイェホヴァがいつの日にか慈悲深くも私の目を開いて新しい律法が古いものよりも優れていることをお示しになり、新しい信仰のもとでは人と動物に対する魂の罪が少なくなることをお示しになれば、自らの意思において心から洗礼を受けましょう。私はそのとき彼らにこう答えました。どういう助言ができるものかわからない。罰を受けることなく、ユダヤ教のもとに戻ることができるとすれば、キリスト教の律法があなた方の魂を解放したときだろう、トゥールーズの異端審問官閣下補佐であるレイモン・レナク修道士をお訪ねして聞いてみよう、きっと助言と許しをくださるだろうと言いました。そういうわけで、アジャンのユダヤ人ボネと一緒に、前記レイモン修道士と、トゥールーズの異端審問閣下の公証人である弁護士のジャック・マルケス師のもとを訪ね、サロモンの身に起きた不幸を説明し、洗礼を受けた者の意思に反する望まない洗礼は有効かどうか、まただ命の危険を感じて受け入れた信仰に意味があるのかを聞きました。彼らは私にそのような洗礼は有効ではないと言いました。私はすぐにサロモンとエリザルのところに戻って、レイモン修道士とジャック弁護士が彼らの洗礼には真の信仰の力はないのでモーセの信仰に戻ることができると言っていることを伝えました。サロモンはそのとき、トゥールーズの長官閣下の手に自らを委ね、洗礼の有効性についてローマ教皇庁の見解をえてもらうことになっていました。前記サロモンはユダヤ教に戻ることが二心あるように見えるのではないかと怖れたのです。

すべてが終わったとき、サロモンとエリザルはモーセの信仰に戻りました。タルムードの教理に従って、鋭いはさみで手足の爪を切って頭を剃り、湧き水で全身を洗いました。これは、異教徒がユダヤ教徒に嫁ぐときに律法に則って身体と魂を清めるときと同じやり方です。

翌週、トゥールーズの副代官アロデ氏が二十四台の荷車に載せて市民とパストゥローを連れてきました。カステルサラザンとその周辺でユダヤ人百五十二名の老若男女を虐殺したために逮捕されたのでした。彼らを載せた荷車がナルボネ城に到着し、二十台ほどが門をくぐるころには、トゥールーズ市民が人だかりをなしていました。最後のほうの荷車に乗っていた人たちは助けを呼びかけはじめました。牢屋に連れて行かれようとしているけれども、なにも悪いことはしていない、キリストの血が天に向かって復讐を叫んでいる、我らはその復讐を望んだだけだ、と。すると、トゥールーズ市民の群衆は、不正義が行われているという感情に駆られて、復讐者を縛っていた縄を刃物で切り、彼らを荷車から降ろして、彼らと一緒に力の限り叫びました。「ユダヤ人に死を！」それから、ユダヤ人地区に押し寄せました。私が読み書きに没頭していたところ、そうした人の群れが部屋になだれ込んできました。棍棒のように重い無知と、刃物のように鋭い憎悪で武装していました。彼らの眼を血走らせたのは絹ではなくて、書棚に並んでいる書物でした。絹を外套の下にしまい込み、書物を床に投げ捨てて足で踏みつけ私の眼の前で破りました。革で綴じられて番号を付けられていた書物、学識ある人びとによって書かれた書物、そこには、もし彼らに読む気があるなら、その場で私を殺すべき理由が千と書かれていますし、もし彼らに読む気があるなら、そこには彼らの憎悪を癒す薬と軟膏があるのです。それで私は言いました、書物を破らないように、多くの書物は危険ではない、危険なのは一冊だけだと。私は言いました、書物を破らないように、多くの書物は読むことが叡智へとつながる、読むことが怒りと憎しみに満ちた無知へとつながるのは一冊だけだ、と。すると彼らは言いました、すべては新約聖書に書かれている、あらゆる時代のあらゆる書物がそのなかにある。そこに、ほかのすべての書物の内容が収められているのだから、ほかの書物は燃やさなければならない、この「一冊」に収められていない内容がほかの書物にあるのならば、なおさら燃やさなければならない、それは異端の書だからだ、と。さらに彼らは言いました、学識者の助言など我らには必要ない、そして叫びました。「洗礼を受けろ、さもないと、お前が読んだ書物の叡智なんぞ全部首根っこをおさえて踏み潰してやる。」

群衆が怒りで我を忘れているのを見て、また、彼らが洗礼を拒んだユダヤ人たち（信仰心ゆえの者、矜持ゆえの者、矜持はときとして破滅をもたらします）を眼の前で殺しているのを見て、殺されるくらいなら洗礼を受けるほうがいい、と答えました。それでも、一時的な生存の苦痛は最終的な虚無の無に優るからです。すると、彼らは私を摑み、家からつまみ出しました。部屋着をもっときちんとした服に替えることすら許されず、着の身着のまま、聖エティエンヌ教会に連れて行かれました。教会の前に近づくと、二人の司祭が周囲に横たわるユダヤ人たちの遺体を私に見せました。遺体は姿形を留めておらず、顔は血まみれでした。さらに教会の脇にあった石を見せられ、そこで目にした光景に私は凍りつきました。石の上には血の塊のようなものが置かれていて、それは心臓だったのです。彼らは私に言いました、「見ろ、あれは洗礼を拒んだ者の心臓だ。」その心臓の周りには人だかりができていて驚嘆と反感をもって見ています。見ないように目を閉じましたが、その場にいただれかが石か棍棒で私の頭を叩いて、早く決断するよう急かします。それで私は言いました、洗礼を受けましょう、ですが、司祭の友人がいます、ジャン修道士、「チュートン人」と呼ばれていますが、彼に代父となってもらいたいのです、と。そう言いましたのは、ジャン修道士のもとにたどり着けたなら、彼は私の親友であり、信仰の問題について長らく意見を交わしてきた間柄ですので、私を死から守り、洗礼も受けずに済むようにとりはからえるかもしれないという願いからでした。

そうしましたらその二人の若い司祭は私を教会から連れ出してチュートン人のジャンの家まで付き添うことに同意しました。ジャン修道士は彼らより位が高いので、正しくない行いを彼にすることを怖れたのです。教会の前に出ると、煙の臭いがしてユダヤ人地区から炎が上がっているのが見えました。そのとき私の眼の前で、アシェルというユダヤ人の二十歳かそこらの青年が殺されました、彼らは私に言いました。「こいつはお前の教えと手本に従ったのだ。」さらに別の青年、あとでタラスコン出身だと聞きましたが、その青年を指さして私に言いました。「お前の判断の遅れがお前の教えを信じお前の手本に倣う者たちを殺すのだ。」そうして、青年を摑んでいた手を放すと、彼はばたりと地面に倒れました。顔はこちらを向いていました。私がまだ何も言わないうちに、背後から殴って殺したのです。トゥールーズ市民たちは、教会の前に群れをなしてこの光景を見ており、私に付き添っていた二人の司祭に、私がすでに洗礼を受けているかどうかを尋ねました。二人は受けていないと答えました。私はその前の、教会を出るときにはもう、途中でだれかにそのことを聞かれたら、受けたと答えてほしいと二人に頼んでいたのですが、断られていたのです。すると群衆のなかからだれかがまた私の頭を棍棒で殴りました。頭蓋骨から目が飛び出るかと思うような衝撃でした。その場所を手で触ってみますと、それでも血は出ておらず、こぶが一つできただけで、薬も包帯もほかの軟膏もなしに、自然に治りました。そのあともユダヤ人が殺され続けているのを見、その嘆きの声を聞きました。二人の司祭は私に言いました、群衆の怒りから守ることはできない、あの聴罪司祭の家に連れて行くこともできない、通りに着く前に殺されてしまうだろう。私は助言を求めました。彼らは私に言いました。「皆が進む道を行くのなら、手が差し伸べられるだろう。」さらにこうも言いました。「皆が進む道ではない道を求めてはならない。」さらにこうも言いました。「お前の手本に倣って、多くの者が命を落とした。」それで私は答えました。「教会に戻りましょう。」

そこで教会に戻ると、ろうそくの火が燃えて音を立てていましたが、人びとは、血まみれの手のまま、ひざまずいて、祈りをつぶやいていました。それから私は二人の司祭に、息子たちが到着するかどうかを確認したいからもう少し待ってほしいと言いました。*彼らはしばらく待っていましたが、息子たちが来なかったので、私に言いました。これ以上待つことはできない、最終的な決断をするときだ、洗礼を受けるか、それとも、教会から出ていくか。教会の前では、心を決めかねた人たちがいまも殺されていました。

それで、私はトゥールーズの副代官に代父になってもらいたいと言いました。副代官に仕えるサ

＊　現代の註釈者の一人（デュヴェルノワ）は、この文に関して次のような説明をしている。「この件について史料には何ら情報がないが、バルーフのこの発言は、痛ましく屈辱的な洗礼の場面の先延ばしだけでなく、抜け目のない戦術の一環でもあると私たちは解釈しつつある。もし息子たちがキリスト教への改宗を避けられたならば、学識あるバルーフにとって息子たちの軽蔑に晒されない十分な理由となる。もし彼らが殺されていたならば、苦しみによってバルーフの決断は強固なものとなり、死は贖いのごとくになるだろう。」

ヴァルダンのピエールという司法官は良い友人の一人なので、死と洗礼から私を救ってもらえるかもしれないと思ったのです。すると彼らは私に、副代官は来ることができない、ちょうどその日、カステルサラザンからパストゥローを連行し、長旅の休息を取っているからと言いました。そのとき教会のなかでひざまずいていた何人かが近づいてきて四方八方から私に摑みかかり石の洗礼盤へ引っ張っていきました。力づくで頭を水のなかに押し込まれる前に、なんとか「副代官」という言葉だけは口にすることができましたが、そのあとはもう何も言うことができず、長い間身体を捕まえられて、頭を押さえられていたので、洗礼盤の聖水で犬のように溺れるものと思いました。そのあと彼らは私を石段に連れて行き、すでにそこにひざまずいていた人びとの間でひざまずかせました。何人いたのか、だれがいたのかはわかりません、頭を石に向けて下げていてだれも見なかったからです。そのとき司祭が、洗礼のときにすることをすべて行ったのだろうと思います。ですが、司祭が洗礼の儀式にふさわしい内容を読みはじめる前に、あの二人の修道士のうちの一人が私の耳元に顔を寄せ、白分の意志で洗礼の儀式を受けたと言え、さもなければ殺されるぞと言いました。それで、自分の行っていることはすべて本意からですと認めましたが、考えていたのは反対のことでした。私にはヨハンもしくはジャンという名が与えられました。私のそばにいた人びとが立ち上がり、離れていきました。

すべてが終わったあと、私はあの二人の修道士に、家まで付いてきて何か財産が残っているかを一緒に見てもらいたいと言いました。彼らは、疲れているし汗をかいているから、一緒に行くことはできないと言って、私を自分たちのところに連れて行き、地下室から出してきた葡萄酒を、私の洗礼を祝して飲みました。私は何も言わず葡萄酒を飲みましたし、彼らに挑発されても、信仰の事柄について彼らと話したくありませんでした。それでもそのあと、彼らは何が残っているかを確認しに私を家に連れて行ってくれましたが、残っていたのは破られて燃やされた書物の数々で、金は盗まれており、絹布は全部で七本、そのうち一部は質入れされたもの、一部は私個人のものでした。それからムーア絹の掛け布一枚。これらの布は私の代父になったばかりの修道士が一つの袋にまとめました。家を出ようとしたとき、家の前でトゥールーズ市参事会員の一人と出会いました。私の新しい代父の知りあいで、武器を身に着けて、生き残ったユダヤ人の保護の任についていました。私の「代父」はこの参事会員に言いました。「ここにいるのは洗礼を受けた、良きキリストの民です。」参事会員が頭で合図を送ってくるので近づいていきました。彼は私に「良き**ユダヤの民**になりたいか？」とささやきました。私は「はい」と答えました。すると彼は私に言いました。「十分な金を持っているか？」――「ありません」と答えました。「ですが、これをお受け取りください」と言って、先ほどお話しした品々が入っている袋を渡しました。彼は袋を部下の一人に渡して私に言いました。「うむ、よし、なにも怖がることはない。だれかに良きキリストの民かと聞かれたら、そうだと言っておくと殺されずに済むだろう。」

家の外に出たとき、「代父」と私はトゥールーズ市参事会員十名が武装した衛士を大勢引き連れているところに出くわしました。参事会員の一人が私を脇に呼んで小声で尋ねました。「お前はユダヤ人か？」私は、修道士に聞こえないように、小声で、そうですと答えました。するとその参事会員は修道士に私を自由にするように言い、その身柄を衛士に委ねてから言いました、私を守るようにこの人を守れ、市参事会と副代官と長官に代わって守るのだ。衛士は私の腕を取りました。市参事会付近で質問されたときには、ユダヤ人ですと答えていましたが、悪名高い路地で、洗礼を受けたがらないユダヤ人ではないかと聞かれたときには、衛士が、私の言ったとおりに、この人は洗礼を受けた良いキリストの民だと答えてくれました。

ユダヤ人の殺害も略奪もその日の夜遅くまで続きました。町は炎で照らし出されて犬たちが四方八方で吠えていました。晩になって、人びとが通りから姿を消したように思われたころ、衛士に言いました、自分の良心に曇りを感じるので、トゥールーズの副代官のもとを訪ねて、殺すと脅されて受けた洗礼が有効かどうかを尋ねたいのです。副代官のところに到着すると、ちょうど晩餐中で、衛士が私に代わって言いました。「一人のユダヤ人が貴方様に個人的に洗礼をしていただきたいとのことでお連れしました。」副代官は答えました。「今、夕食中なので、私たちと一緒に席につきなされ。」私は食事をする気分ではなくまた食事をできそうにもなかったので、テーブルについている招待客を見ていましたところ、大勢のなかに友人であるサヴァルダンのピエールがいることに気がつきました。私は彼に合図を送り、二人で脇に下がりました。私は彼に言いました。洗礼を受けるつもりはない、そういう洗礼は有効ではないので強制しないように副代官に言ってほしいと。彼は私のために、副代官の耳元で私の言葉をささやいたあと、衛士に自分が彼を守るからもう行ってよいと告げて、信頼できる自分の部下の衛士を私につけてくれたので、私はその衛士と一緒にナルボネ城に行って、城の中庭に置かれたユダヤ人の虐殺遺体のなかに息子が一人でもいないかを確認しました。戻ったとき、副代官様は私に尋ねました。「洗礼を受けるのは今がいいか、それとも明日まで待つか？」そのとき、サヴァルダンのピエールが副代官様を脇に連れて行って、何か内密に話をしはじめました。正確に何と言ったかは存じませんが、副代官様はこう答えました。「もちろんだ、だれであれ強制的に洗礼を授けることはない。ユダヤ人であれ、ほかのだれであれ！」それで私は強制的に行なわれた洗礼は無効とみなしてよいという結論に至りました。

そう決まると、私は前記サヴァルダンのピエールに助言を求めました。ナルボネ城に留まるべきか、去るべきか。ピエールは、城に避難をしたユダヤ人は、洗礼を受けさせられるか殺されるかのどちらかになるだろうと言いましたので、トゥールーズを出ることに決めました。ピエールは私にエステルラン銀貨を三枚くれてモンジスカールに向かう街道との分かれ道まで見送ってくれました。彼は私に言いました、できるだけ早く行くように、途中でだれかに会ってもドイツ語だけを話すように、と。

そういうわけでモンジスカールへとなるべく急ぎました。町に着いて広場を通り過ぎようとしていると、どこかの門から棍棒やら刃物やらを持った人びとが群れをなして押し寄せ、私を捕まえてユダヤ人かキリスト教徒かと尋ねました。そこで私が彼らにあなたたちは何者かと尋ねましたところ、彼らはこう言いました。「我らは敬虔なパストゥロー、キリストの信仰に仕える者である。」さらにこうも言いました。「天上の楽園と地上の楽園の名において、主の道を歩まぬ者は、ユダヤ人もユダヤ人でない者もみな我らが根絶するのだ。」それで私は自分はユダヤ人ではないと言い、こうも言いました。「天上の楽園と地上の楽園に至るには血と炎のなかを通るのか?」すると彼らは言いました。「天国と希望を我らから奪うには不誠実な魂ひとつだけで十分だ、疥癬《かいせん》の羊が一頭いれば、群れ全体に疥癬が広まるのに十分なのと同じことだ。」さらにこうも言いました。「疥癬の羊一頭を屠《ほふ》るほうが、群れ全体が穢れるよりもよいのではないか?」そして叫びました。「こいつを捕まえろ、こいつの言葉には疑いと不信心の臭いがする。」そうして私の手を縛って連行しました。私はさらに彼らに聞きました。「人びとの自由を左右する権利をお持ちなのか。」すると彼らは言いました。「我らはキリストの兵士であり、病める者を健やかなる者から分かち、疑いを持つ者を信じる者から分かつことを許されている。」

それで私は彼らに信仰は疑いから生まれるものであると言いました。また彼らに、疑いは私の信仰である、私はユダヤ人である、とも言いました。手を縛ったということは殺さないのだろうと思ったのです。群衆はまばらになりましたが、それは彼らにとって学識ある議論や知性を戦わせ合うことよりも、薄暗い路地に行って次の犠牲者を探すほうがいいからです。それで私を一軒の大きな家に連れて行って地下室に放り込みました。そこにいたのは、十人ほどのユダヤ人、ベルナルド・ルポ師とその娘、その善良さからラ・ボーナと呼ばれています、それらの人びとと祈りながらその夜と次の日を過ごしました。私たちは洗礼を受けることはしない、自分の信仰を守り続けようと決めていました。私たちの祈りを途切れさせたのは鼠だけで、鼠たちは毎晩部屋の隅でキィキィ鳴いて地下室を走り回り、大きくてよく肥えていました。翌日私たちはみな連れ出されて監視つきでマゼールへと出発し、それからパミエに来ました。*

「パミエもしくはそのほかの場所で、モーセの律法に基づく形式、方法で、再度ユダヤの教えに戻ったことがおありか？」

「ありません。と言いますのは、タルムードの教理では、自らの意思でキリスト教の規則に従って洗礼を受けたうえで、もともとの古い信仰にまた戻りたいときに限って、さきほどの方法（爪と髪を切り、全身を洗う）を取りますが、それは不浄であるとみなされているからです。ですが自らの意思ではなく、キリスト教の規則すべてに従うこともなく、強制されて洗礼が行われた場合は、先述の方法を取りません。そのような洗礼は存在しなかったものとみなされます。」

「殺すと脅されて行われた洗礼を受けた一人もしくは複数の人物に、洗礼は無効であること、そのと

* パミエ教区ではユダヤ人は、パミエの異端審問官アルノ・デジャンの法令に基づき、自由に生きる権利を有していた。一二九八年三月二日のこの法令は、住民と行政当局がユダヤ人を「過度に厳しく残酷に」扱うことを禁じている。そのことは、困難な時代にあっても個人の態度と市民の勇気によって、運命が変えられることを示している、たとえ臆病者が、その運命を不可避なものとみなし、宿命であり歴史的必然であると言おうとも。

（翻訳者の註。）

きには罰せられることなく心穏やかにユダヤ教に戻れることをお話しなさったか？」

「いいえ、さきほどお話したサロモンとエリザルのほかには。」

「一人もしくは複数のユダヤ人に、死を免れるために洗礼を受けてそれからユダヤ教に戻ることをお話しなさったか？」

「いいえ。」

「洗礼を受けたユダヤ人がモーセの信仰に再び戻る儀式に一度でも立ち会ったことがおありか？」

「いいえ。」

「貴方自身の洗礼は無効だとお考えか？」

「はい。」

「あなたはなぜ自らの意思で異端思想の危険に身を晒そうとされるのか？」

「世界とではなく、自分自身と平穏に暮らすことを望んでいるからです。」

「説明されよ。」

「キリスト教徒が何を信じ、なぜ信じているのかを知りません。反対に、ユダヤ人が何を信じ、なぜ信じているのかは知っておりますし、彼らの信仰は二十年以上も私が学者として研究してきた「律法」と「預言書」によって証明されていると考えておりますので、したがいまして、私の「律法」と私の「預言書」に、キリスト教の信仰が一致することが証明されるまでは、それまではキリスト教を信仰しません、たとえその懐のなかで安全が与えられようとも、自らの信じるところを棄てるくらいなら死んだほうがましです。」

かくしてキリスト教の信仰をめぐるバルーフ・ダヴィド・ノイマンとの論争が始まった。自らの議論の力を頼りにするバルーフに対し、キリストにありて尊き父ジャック閣下、神の恵みによりてパミエの司教たる人は、限りなき忍耐で時間も労力も惜しむことなく、前記バルーフを「真実」に導こうとした。前記ユダヤ人は頑なに強情に自らの信仰を守ろうと、旧約聖書に拘泥して慈悲深くもジャック閣下がお恵みくださるキリスト教の光を拒む。

いよいよ、西暦一三三〇年八月十六日、前記バルーフは躊躇しつつもユダヤ教を棄てると認めて署名をした。

公聴会の議事録が読み上げられた後、前記バルーフ・ダヴィド・ノイマンは、自白は拷問中のことかあるいは拷問から解放された直後かと問われ、自白は拷問から解放された直後、午前九時ごろのことであり、同日夕刻、拷問室に連行されることなく同じ自白を行った旨回答した。

この公聴会は、ジャック閣下、神の御恵みによりてパミエの司教たる人、修道士ガイヤール・ド・ポミエス、ベルナール・フェシエ師、ユダヤ人ダヴィド・トロワ師、そして我ら、カルカッソンヌの異端審問官閣下の書記ギヨーム・ピエール・バルトとロブクールのロベールの臨席のもとに行われた。

バルーフ・ダヴィド・ノイマンは同じ法廷にさらに二度立ったことが知られている。一度目は翌年の五月中旬、「律法」と「預言書」を再読の後、自らの信仰が揺らいだと宣言した。ヘブライ語史料に関する長い論争が続く。ジャック閣下の忍耐強い長期の議論によってバルーフは再度ユダヤ教を棄てることになる。最後の判決は一三三七年十一月二十日付けである。しかし審問の記録は保存されておらず、デュヴェルノワは不運なバルーフが拷問で死亡した可能性を明確に示唆している。別の情報では同じ思想上の罪で有罪判決を受けて約二十年後に火刑に処せられたバルーフという人物の話がある。同一人物のことであるとは考えにくい。

注記

バルーフ・ダヴィド・ノイマンの物語は実際には後に教皇ベネディクトゥス十二世となるジャック・フルニエが、自らの法廷での自白とその証言を詳細かつ誠実に記した異端審問録の第三章（*Confessio Baruc olim iudei modo baptizati et postmodum reversi ad iudaismum*）の翻訳である。手稿はヴァティカン図書館のラテン語文書庫に記録番号四〇三〇として保管されている。本文はいくらか短縮しているが、それは聖三位一体、救世主としてのキリスト、律法の言葉の成就、旧約聖書のいくつかの主張の否定に関する論争部分である。翻訳自体は、ローマにあるサン・ルイージ教会の元司教代理ジャン＝マリ・ヴィダル閣下のフランス版に依拠しており、ミュンヘンで一八九〇年に刊行された敬虔なる聖書解釈学者イグナーツ・フォン・デリンガーの版にも依拠している。これらのテクストは学識ある有用な註解が付けられて、当時から何度も再版を重ねてきた。最近出版されたのは、私の知る限り、一九六五年である。先述の原本（「美しい羊皮紙の上に二段組みで筆写された手稿」）は、遥か彼方のバルーフの声の、もし翻訳による彼の声を含めるなら、三重のエコーとして――イェホヴァの思想の反響として、読者に届く。

思いがけなくこのテクストを見つけたのは、「ボリス・ダヴィドヴィチのための墓」と題した物語をめでたく書き終えた時のことで、私には啓示と奇跡に思えた。先述の物語との類似は明らかで、主題、日付、名前の一致は、創造の神の仕業 *la part de Dieu* もしくは悪魔の仕業 *la part de Diable* と思われる。

道徳的信念の揺るぎないこと、犠牲の血が流れること、名前の類似（ボリス・ダヴィドヴィチ・ノフスキとバルーフ・ダヴィド・ノイマン）、ノフスキとノイマンの逮捕日の一致（一三三〇年……一九三〇年と六世紀の隔たりがあるが、宿命的な十二月の同じ日）、総てが、時間の円環という古典的な教理を発展させたメタファーとして、突然私の意識に浮かび上がってきた。「現在を見た者は、すべてを見たのである。遥かなる昔に起こったことも、未来に起こるべきことも」（マルクス・アウレリウス『自省録』第六章第三十七節）。J・L・ボルヘスはストア派と議論をするなかで（さらにはニーチェとも）、彼らの教えをこのように纏めている。「宇宙は、自らを生みだす炎によって周期的に滅ぼされるが、同じ歴史を生きるためにその炎から再生する。さまざまな種の粒子が新たに結合し、石、樹、人に新たに形を与える——徳や日付にさえも。ギリシア人にとって、実体のない名詞はないからだ。新たな剣と新たな英雄、眠れない一夜一夜のくり返し。」

この文脈において、**ヴァリアント**の順番に大きな意味はない。それでも私は、歴史上の日付ではなく、精神的な順番で物語を並べた。ダヴィド・ノイマンの物語を見つけたのは、既に述べたように、ボリス・ダヴィドヴィチの物語を書いた後である。

A・A・ダルモラトフ小伝（一八九二—一九六八）

当世においては詩人の運命の多くが、時代、階級、環境という怪物的な標準モデルに則って構築され、人生における運命的な事実——最初の詩集の一度きりの魔術、異国情緒溢れるチフリス(1)へのルスタヴェリ(2)を祝す旅、隻腕の詩人ナルブートとの出会い——が冒険や血の味わいもない年表になってしまうが、A・A・ダルモラトフの生涯は、やや紋切型ではあるものの、抒情的な芯を失ってはいない。錯綜する事実の山から人間の赤裸々な生が浮かび上がる。

村の教師、アマチュア生物学者、重度のアルコール依存症であった父親の影響で、ダルモラトフは幼い頃から「自然」の秘密に魅せられていた。ニコラエフスキ・ゴロドークの地所にある家（母の持参金）では、かなり自由に、犬や鳥、猫が暮らしていた。六歳の頃に近くのサラトフで買ってもらったデヴリエンヌの『ヨーロッパと中央アジアの蝶の地図帳《アトラス》』は、十九世紀最後の価値あるエッチング術で描かれたものである。七歳で父親が顔に血しぶきを浴びながらげっ歯類の解剖や蛙の実験をするのを手伝った。十歳で、スペイン＝アメリカ戦争に関する小説を読み、スペイン人の熱狂的な擁護者となる。十二歳の頃に聖餅を舌の下に隠して教会から持ち出し、唖然とする仲間の前でベンチに置く。コルフの文章の上で古代を夢見て、現在の生活を軽蔑する。つまり、この上なく古典的な田舎環境と実証主義的教育の中産階級、この上なく凡庸な遺産――アルコール依存症と肺病（父親出来）に、フランス小説の読者である母親のメランコリーな憂鬱症が混ぜ合わさっている――である。母方の伯母ヤドヴィーガ・エルモラエヴナが同じ屋根の下に暮らしており、徐々に認知症になっていった――それだけが詩人の初期の伝記に相応しい事実である。

第一次革命の直前に母が急逝、メーテルリンクの『蜜蜂の生活』を読みながら眠りに落ちて、膝に広げられたままの本は死んだ鳥のようであった。同年、死の種が受精して、若きダルモラトフの数篇の詩がサラトフの青年革命サークルの雑誌『生活と学校』に掲載された。一九一二年、ペテルブルクの大学に入学し、父の願いにしたがって、医学を学ぶ。一九一二年から一五年の間にはもう首都の雑誌『教育』、『現代世界』、栄光に輝く『アポロン』に発表をしている。当時の彼の交友関係において位置付けが必要なのはゴロデツキと自殺した詩人ヴィクトル・ホフマンであり、後者は、人間として生きて詩人として死んだとマコフスキが言うように、婦人用の小型銃で、抒情詩のキュクロプスのように、自らの片目を撃ち抜いて自殺した。ダルモラトフの最初の、そして間違いなく最良の詩集『鉱石と結晶』が、一九一五年に出版される。古い正書法によるもので、表紙にはアトラスの顔が描かれていた。「この小ぶりの選集には」と雑誌『言葉』の匿名書評者は述べる、「イノケンティ・アンネンスキの名人芸の一端、バラトゥインスキの精神にある若々しい率直な感情、若きブーニンに似た輝きがある。しかしここには真の情熱も、真の名人芸も、率直な感情もなく、さらに明白な難点もない。」

ここでダルモラトフの詩人としての特性を詳細に述べたり、文学的名声の複雑なメカニズムについて踏み込んだりするつもりはない。この物語には詩人の戦争体験も大して意味を持たないが、それでも、ブルシーロフ攻勢時のガリツィアとブコヴィナでの強烈な光景――士官候補生のダルモラトフは医官補としての任務中に自分の兄弟の虐殺死体を見つけた――には心惹かれなくもない。同様に興味深くないわけでもないのはベルリン旅行や感傷的なアヴァンチュールで、後者は、飢餓に瀕した悲劇のロシア内戦期に、キスロヴォツクの地獄での新婚旅行という結末を迎える。彼の詩は、批評家が何と言おうと、経験論的な（詩人の）事実をふんだんに提供しており、文学の流行だけでなく、旅、歓喜、熱狂を古絵葉書や擦り切れたアルバムの写真のように伝える。女人像柱《カリアティード》の大理石の折り目に吹き寄せる風。ティーアガルテンの落葉した菩提樹の並木。ブランデンブルク門の灯り。怪物のような姿の黒鳥。ドニエプル川の濁った水面に反射する薔薇色の太陽。白夜の魔力。チェルケス人女性の魔法の瞳。草原《ステップ》の狼の肋骨に柄まで刺さった短剣《キンジャル》。回転する飛行機のプロペラ。夕暮れ時の烏の鳴き声。荒廃したパヴォルジエの恐ろしいパノラマ（鳥瞰図）。黄金色の麦畑を這うトラクターと蒸気機関。クルスク炭鉱の黒い坑道。空の海に聳《そび》えるクレムリンの塔。劇場のボックス席の紫色のベルベット。花火の煌めきに照らされるブロンズ像の幽霊のような姿。チュールを纏ったバレリーナ達の躍動。港に停泊中のタンカーの石油の大火災。韻が齎《もたら》す恐るべき陶酔。紅茶の入ったカップ、銀のスプーン、溺れた蜂のいる静物画。馬車の馬の菫《すみれ》色の瞳。楽天的に回るタービン。クロロフォルムの麻酔臭が立ち込める手術台に載せられたフルンゼ司令官の頭。ルビャンカの中庭の裸の木。村の犬どもの掠れた遠吠え。コンクリートの塊の驚異的な均衡。雪中の鸎《ウソ》を狙う猫の忍び足。集中砲火を浴びる玉蜀黍《とうもろこし》畑。カマ川の谷で別れる恋人達。セヴァストポリ近郊の軍人墓地……

一九一八年と一九一九年の日付の入った詩篇は、作品の生まれた場所を解き明かす手がかりが一切ない。総てが心の内のコスモポリタンの領域で起きたことであり、正確な地図など存在しない。一九二一年に彼の姿はペトログラードの、旧エリセーエフ家の別邸の零落の豪奢さの中、オリガ・フォルシュの言うところの「痴れ者の船」の中にあるが、そこに集まっているのは収入も明確な方向性もない腹を空かせた詩人仲間であった。マコフスキの証言によると、神の小鳥らにあって生きているのは、向こう見ずに輝く狂気じみた瞳だけであった。一生懸命生き生きと見せようとしていたけれども、と彼は言う、幻影に囲まれているという印象を受けずにはいられまい、女性の唇に塗られた真っ赤な口紅をもってしても。外では、革命=反革命の磁極によって引き起こされた嵐が猛烈に吹き荒れていた。向こう見ずな勇気と引き換えにブハラの地は再びボリシェヴィキの手に落ちた。クロンシュタットの水兵による反乱は血の海で鎮圧された。廃墟と化した集落の周辺で、人間の残骸、足が壊疽《えそ》した弱々しい女達、腹の膨らんだ子供らが、身体を引き摺り歩いていた。痩せ馬、犬、猫、鼠を食べ尽くした後、野蛮なカニバリズムが慣習法にまで格上げされた。「われらは誰とともにあるか、セラピオン兄弟？」レフ・ルンツは叫ぶ。「われらは隠者セラピオンとともにある！」クルチョーヌイフは、彼に関する限り、**ザーウミ**を支持する。「ザーウミは目覚めて創造的な空想を自由に躍動させながらも具体的なものを傷つけることはない。」――「われらは詩人仲間たちに創作方法の選択に関して完全な自由を認めているが、条件として……」と「鍛冶屋《クーズニツァ》」グループの者らが付け加える。（全会一致で可決、一名が棄権。）

当時の写真ではダルモラトフは胸当てと蝶ネクタイをしたペトログラードの伊達男の面影を未だ残している。こけた頬、「ローマの廃墟を見つめる目」、尖った顎を傷跡のようなえくぼが横切り、唇を固く閉じている、その顔からは、石の仮面でも付けているかのように、何も読み取れない。確かな証言によると、若き日のダルモラトフは、その頃からもうアクメイストの世界主義的な綱領、「ヨーロッパ文化への憧れ」に惚れ込んでいたというが、それは何よりもう一人の詩人マンデリシュタームの影響であった。二人は共にローマ文化とアンネンスキ、グミリョーフを高く評価し、同じヒステリックな貪欲さで甘いものを平らげた。

同じ一九二一年の蒸し暑い八月の或る夜に、エリセーエフ家の別邸でどんちゃん騒ぎ――先述のオリガ・フォルシュは、女性特有の誇張で、疫病時代の祝宴と呼んでいる――があった。当時の定番料理は塩漬けの魚におぞましいウオッカ＝密造酒《サマゴーン》を注いで、蒸留酒、樺の樹皮、胡椒を使った錬金術的なレシピで味を調えたものであった。「カッサンドラ」（アンナ・アンドレエヴナ・アフマートワ）はその夜に予兆の一つを感じ取り、恍惚の絶頂から急に病的な憂鬱症に陥って幻覚症状の淵にあった。

「主人」（グミリョーフ）の処刑が実行されたという報せを誰が伝えたのかは、わからない。一定の確信をもって言えるのは、その報せは、イデオロギー的かつ美学的な綱領で明瞭に分断された、反目し合うグループ総てに、小さな個別の磁気嵐のように、吹き渡ったということである。ダルモラトフはグラスを手に酔っ払ってよろめきながら、カッサンドラのテーブルを離れて、プロレタリア作家ドロゴイチェンコの隣に空いていた、故エリセーエフの色褪せた肘掛け椅子に倒れ込んだ。

一九三〇年七月にはスフミの保養所に滞在し、ボリス・ダヴィドヴィチ・ノフスキの仲介で、雑誌『赤い処女地《クラスナヤ・ノーフィ》』から依頼された翻訳に取り組んでいる。そのノフスキと最初に知り合ったのは遥か昔のこと、ベルリンのティーアガルテン近くの酒場で会合があり、若きダルモラトフは、恍惚とし、驚嘆し、慄きながら、トゥヴェルドフリェボフの大胆な予言に耳を傾けた。彼こそは、未来の海軍革命委員会のコミッサールであり、外交官であり、通信連絡人民委員、B・D・ノフスキその人であった。（貧しくて野菜ばかり食べていた時期に、ノフスキは彼の「縁故」であったと言われる。この語に隠されているのは、詩人と権力者の間の複雑な関係性であり、そこでは硬直化した革命路線が、個人的な共感と若者らしい感傷的な恩義の念のおかげで、緩和されるのであった。極めて複雑で危険に満ちた関係であった。有力な後見人が失脚すれば、被後見人はみな急坂を下っていく。不運に見舞われた者の叫びが雪崩を引き起こし、周囲を巻き込むように。）

十二月の終わり、ノフスキ逮捕の二日後、ダルモラトフ家の電話が鳴った。午前三時ちょうどであった。眠そうに受話器を取ったのは、ダルモラトフの妻である長身のタタール人で、身重で腹部が突き出していた。電話の向こう側から聞こえるのは、血も凍りつくような、おぞましい沈黙だけであった。妻は受話器を置いて泣き崩れた。彼の家の電話はそれ以来タタールの市場の彩り豊かな賑々しさに溢れる派手な飾り模様の付いた彩り豊かな羽根枕の山に埋もれることになり、書き物机には原稿、辞書、「気を落ち着けるために」訳した書物等が積まれ、その脇に置かれた厚紙のトランクには中身が詰められて、急な旅行に備えられた。一度など、ウオッカに元気付けられて、とある情報屋の詩人にトランクを開けて見せたこともある。暖かい毛糸のセーターとフランネルの下着の上にあったのは、革表紙の書物、オウィディウスの『哀歌』のラテン語本。当時の彼には名高い亡命者の詩篇がプーシキン風の題辞のように詩人としての自分の運命に響いたに違いない。

翌年の初めにグルジアへ旅行する。五月には『掌中のトビリシ』の題で連作詩を発表する。九月には作家の申請一覧に名を連ね、ゴーリキが署名した支給命令に則って、ズボン、中綿入りのコート、ビーバーの毛皮の帽子を受け取る。（ダルモラトフはこの毛皮の帽子が「コサックの頭領《ヘトマン》風に見える」ために受け取りを拒否しようとしたらしい。アレクセイ・マクシモヴィチは譲らず言った。(3) 文句を言わせるな！　この件に関して流布している諸説に基づくと、ゴーリキが実際に何と言ったかを確定するのは難しいものの、ダルモラトフの血の気の多さを皮肉ったらしい、「チェーホフの小役人のように死ぬ寸前だった」という。）

一九三三年八月十七日にダルモラトフの姿は**J・V・スターリン号**の船上にあり、百二十名の作家達と完成したばかりの白海・バルト海運河を眺めている。急に老け込み、プーシキン風のもみ上げにしている。白いスーツを着て、シャツのボタンを外し、甲板の手摺に凭《もた》れて、虚空を見ている。ヴェーラ・インベルの髪にそよぐ風。ブルーノ・ヤセンスキ（左から二番目）は霧に霞んで見えない岸辺に向かって手を上げている。ゾーシチェンコは手の平を耳に当てて、収容所のオーケストラが奏でるメロディーを聴き取ろうとする。風が音を運ぶ、水門から流れ出る水音も。

外見上の徴候に反して、ダルモラトフが当時既に精神的な病を患っていたという紛れもない証拠がある。彼はアルコールで手を洗い、誰であれ密告者を疑った。それでも彼らは連絡もなくノックもなく来訪し続け、彼のファンのふりをして彩り豊かなネクタイを付けていたり、翻訳家のふりをして黄色いブリキ製のエッフェル塔のミニチュアを持参したり、配管工に変装して後ろポケットにレンチではなく大型拳銃を入れていたことさえあった。

十一月に入院して夢療法を試す。殺風景な病室で丸五週間眠り続け、それ以来世界の喧騒はもう彼の耳には届かなくなったらしい。仕切りの向こうで詩人キルサノフが奏でるウクレレの酷い音でさえも、耳に入れた脱脂綿のおかげで遠くに聞こえた。作家同盟を通じて許可を取り、週に二度市営の乗馬クラブに通う。大儀そうに、太った様子で、象皮病の初期症状を示しながら、大人しい乗馬用の馬にゆっくりと揺られている。マンデリシュタームが、逮捕と死が待ちうけるサマーティハに出立する前に、妻と共に別れの挨拶に来た。エレベーターの扉の前で出くわした時、ダルモラトフは不格好な乗馬ズボンを履き、小さな子供用の鞭を手にしていた。ちょうどタクシーが来たので、そそくさと乗馬クラブに向かい、若き日の友人に別れも告げなかった。

一九四七年の夏にツェティニェを訪れて、『山の花環』(4)の祝典に参加した。抜粋を翻訳したことがあるという。既に歳を重ね、ぎこちなく緩慢ではあったが、赤い絹のリボンを若々しい動作で飛び越えて、詩人や死すべき者の側から、神の玉座にも見紛うニェゴシュの巨大な王座の側に入っていった。私（この話を書いている私）は脇に立って、闖入者＝詩人が、ニェゴシュの苦行じみた大椅子に座ってもぞもぞしているのを見た後、拍手に乗じて、肖像画のあるホールからそっと抜け出した。大騒ぎになって、博物館の宝物庫の見張りをしている伯父が呼ばれるのを見たくなかったのである。けれども確かに覚えている。詩人の広げた脚の間の擦り切れたズボンの下で、酷く大きな腫瘍がもう膨れ上がっていた。

晩年、症状が重くなって寝たきりになるまで、彼は青春時代の甘いホップを噛みながら、静かに過ごした。アンナ・アンドレエヴナを訪ね、一度は花を持って行ったという。

後記《ポスト・スクリプトゥム》

彼は、ロシア文学史に、医学事件として名を残した。ダルモラトフの症例は病理学の新しい教科書総てに記載された。コルホーズ最大のカボチャほどの大きさとなった彼の陰嚢の写真は、外国の専門書でも象皮病（elephantiasis nostras）について説明がある時には必ず転載されている。書くためには

睾丸だけでは不十分であるという、文学者への教訓と共に。

訳注

（1）トビリシのこと。一八四五―一九三六年の間に使われていた旧称。

（2）十二―十三世紀のグルジアの詩人。

（3）ゴーリキのこと。

（4）ペタル・ペトロヴィチ・ニェゴシュ（一八一三―一八五一）の叙事詩。『小宇宙の光』と合わせて日本語訳がある（ペタル二世ペトロビッチ＝ニェゴシュ『山の花環　小宇宙の光』田中一生・山崎洋訳、幻戯書房、二〇二〇年）。

訳者あとがき

本書は、ユーゴスラヴィアの作家ダニロ・キシュの小説『ボリス・ダヴィドヴィチのための墓——一つの共有の歴史をめぐる七つの章』*Grobnica za Borisa Davidoviča : sedam poglavlja jedne zajedničke povesti* の全訳である。翻訳に際しては二〇〇八年にサラエヴォ、ポドゴリツァ、ザグレブで刊行されたミリアナ・ミオチノヴィチ編の選書版を用いた。

キシュの作品はこれまでに山崎佳代子さんの翻訳で『若き日の哀しみ』（東京創元社、一九九五年）、『死者の百科事典』（東京創元社、一九九九年）、『庭、灰』（池澤夏樹＝個人編集 世界文学全集II—06、河出書房新社、二〇〇九年）、拙訳で『砂時計』（松籟社、二〇〇七年）が刊行されていて、本書は五冊目となる。キシュの生涯とその作品については、これらの翻訳作品や拙著『境界の作家 ダニロ・キシュ』（松籟社、二〇一〇年）に詳しいので、ここでは簡単に述べるにとどめる。

ダニロ・キシュは一九三五年に、セルビア北部の町スボティツァで、ハンガリー系ユダヤ人の父とモンテネグロ人の母のあいだに生まれた。父は一九四四年にアウシュヴィッツの強制収容所に送られて、消息を絶っている。一家は第二次大戦終結後に母の故郷のモンテネグロに移住するものの、母は数年後に病死。キシュはその後ベオグラード大学に進学し、比較文学を学んだ。一九六二年に最初の作品『屋根裏部屋』と『詩篇四四』が出版される。子ども時代をもとにした自伝的三部作（『庭、灰』『若き日の哀しみ』『砂時計』）で作家としての地位を確立した。『ボリス・ダヴィドヴィチのための墓』は、ボルドー大学でセルビア・クロアチア語の講師をつとめていた時期に執筆された作品で、ニース市金の鷲賞を受賞した。その後、『死者の百科事典』でイヴォ・アンドリッチ賞を受賞、また一九八六年にはレジオン・ド・ヌール勲章シュヴァリエ章を受けるなど、国内外で高く評価された。主要作品の多くが世界各国の言語に翻訳されている。

『ボリス・ダヴィドヴィチのための墓』は、一九七六年に出版されてすぐに大きな反響を呼び異例の売れ行きをみせたが、同時に論争を呼び起こしもした。さまざまな文献や先行作品に大きく依拠しているにもかかわらず、そのことを明記していないというのが主な批判であった。表向きは剽窃をめぐる論争としてはじまったものの、背後にはユーゴスラヴィア特有の国家と文学の関わりをめぐる問題があった。ユーゴスラヴィアでは、文学が国家のアイデンティティの強化に寄与することを求められ、社会主義リアリズム文学、パルチザン文学のあとも、外国文学の影響を受けない「固有性」を描くことが主流として、高く評価されてきた。こうしたユーゴスラヴィアの文学界にとって、文学としての普遍性を志向し、外国文学との対話を隠さないキシュの作品は受け入れがたいものだった。雑誌での応酬、キシュによる反論書『解剖学講義』の出版、名誉棄損の裁判、文学賞の返還といったスキャンダラスな展開のあと、一九七九年にキシュはパリに「自由亡命」をする。同地で客死をするのは、その十年後のことだった。国内での論争をよそに、『ボリス・ダヴィドヴィチのための墓』は一九七八年には英語に訳されて評判を博した。後にノーベル文学賞を受賞するヨシフ・ブロツキーが序文を寄せている。現在では、キシュの代表作として、二十か国語以上に訳されている。

出版後の論争はともあれ、『ボリス・ダヴィドヴィチのための墓』が、読者に衝撃を与えたことはまちがいない。それまでのキシュ作品とは異なり、抒情性はつとめて排除され、荒々しい「事実」が暴力的な場面をともなって直截に描かれるからだ。アルゼンチンの作家ホルヘ・ルイス・ボルヘスの『汚辱の世界史』の対本として構想された作品は、七つの短篇すべてを男性主人公とする。各章について短く紹介しておくと、「紫檀柄のナイフ」は戦間期にチェコスロヴァキアの一部だったザカルパチア地方を主な舞台に、世間への恨みから共産主義活動に加わった主人公のおそるべき行動が描かれる。「仔をむさぼり食らう雌豚」は、ジェイムズ・ジョイスの若き姿が投影されたアイルランド人を主人公とする。彼はスペイン内戦中にソ連によって拉致され、やがて収容所で無残な最期を遂げるのだが、スペインからセヴァストポリへの移送中の船内が、彼の人生におけるもっとも濃密な時間として提示される。「機械仕掛けのライオン」はフランス人の政治家エドゥアール・エリオによるキエフ訪問と、その陰で行われていた秘密活動についての物語である。ウクライナの歴史が書き込まれている一篇でもある。「めぐる魔術のカード」では、理想に敗れたハンガリー人の主人公がソ連の収容所で医師として働くなかで、患者から逆恨みをされて命を狙われることになる。表題作でもある「ボリス・ダヴィドヴィチのための墓」は、革命の戦士である主人公が名誉ある死を賭して取調官と闘う、苦痛に満ちた物語である。「犬と書物」だけは十四世紀のフランスにおける異端審問を扱っており、改宗を迫られるユダヤ人の理知が印象深い。出典となった異端審問録に大筋で合致するが、書き足された内容も少なくない。「A・A・ダルモラトフ小伝」の主人公は、サラトフ出身の詩人であり、マンデリシュタームやアフマートワとの交流があった。本作において迫害を受けずに生き延びた唯一の人物であるが、詩人として名を残すことはできず、本人の望みとはかけ離れた分野で、その名が刻まれることになる。

アイルランドからシベリアまでを舞台とする本書は、作中の時代から百年近く、作品刊行から五十年が経とうとするものの、いま、世界で起きていることとしても読みうる。もとより、本作が、時間と空間を超えた普遍性を見据えていることは、「犬と書物」が収録されていることから明らかである。キシュは一九八四年にパリで行われたインタヴューで次のように語っている。「僕が思うに、「汚辱」とは、よりよい世界をという思想のもとに、多数の同時代の人々を抹消すること。そういった人道的な思想のもとに収容所をつくったうえ、その存在を隠蔽し、人間だけでなく、人間のもっとも深いところに根差している、より良い世界への夢をも破壊することです。」本書の表題『ボリス・ダヴィドヴィチのための墓』は、この作品そのものが、より良い世界を求め、闘いに斃れた人びとのための墓の一つであることを示している。

博士論文で本作について論じてから、翻訳に取り掛かるまでには長い時間を要した。いま一度向き合うきっかけをくださったのは、キシュの伴侶であったミリアナ・ミオチノヴィチさんである。ミオチノヴィチさんの温かい励ましとご協力がなければ、翻訳は完成しなかっただろう。心より感謝したい。そして、本作の出版を喜んでお引き受けくださった松籟社の木村浩之さんにも厚く御礼申し上げる。

奥彩子

二〇二四年四月

［訳者］

奥　彩子（おく・あやこ）

共立女子大学教授。専門はユーゴスラヴィア文学。

著書に『境界の作家ダニロ・キシュ』（松籟社、2010年）、『東欧の想像力』（共編著、松籟社、2016年）、『世界文学アンソロジー』（共編著、三省堂、2019年）、『世界の文学、文学の世界』（共編著、松籟社、2020年）ほか。

訳書にダニロ・キシュ『砂時計』（松籟社、2007年）、デイヴィッド・ダムロッシュ『世界文学とは何か』（共訳、国書刊行会、2011年）、ドゥブラヴカ・ウグレシッチ『きつね』（白水社、2023年）、ブラニスラヴ・ヌシッチ『不審人物　故人　自叙伝』（共訳、幻戯書房、2024年）。

ボリス・ダヴィドヴィチのための墓
一つの共有の歴史をめぐる七つの章

2025年 1月20日　初版発行　　　定価はカバーに表示しています

著　者　　ダニロ・キシュ
訳　者　　奥　彩子

発行者　　相坂　一

発行所　　松籟社（しょうらいしゃ）
〒612-0801　京都市伏見区深草正覚町 1-34
電話　075-531-2878　　振替　01040-3-13030
url　https://www.shoraisha.com/

印刷・製本　　モリモト印刷株式会社
装丁　　仁木　順平
Printed in Japan

ISBN978-4-87984-457-6 C0097